Włodzimierz Kowalewski *Powrót do Breitenheide*
Włodzimierz Kowalewski *Bóg zapłacz!*
Magdalena Tulli *W czerwieni*
Magdalena Tulli *Sny i kamienie*
Adam Wiedemann *Sęk Pies Brew*
Stanisław Esden-Tempski *Kundel*
Henryk Grynberg *Ojczyzna*
Henryk Grynberg *Drohobycz, Drohobycz*
Henryk Grynberg *Memorbuch*
Zbigniew Kruszyński *Na lądach i morzach*
Manuela Gretkowska *My zdies' emigranty*
Manuela Gretkowska *Kabaret metafizyczny*
Manuela Gretkowska *Tarot paryski*
Manuela Gretkowska *Podręcznik do ludzi*
Manuela Gretkowska *Namiętnik*
Andrzej Czcibor-Piotrowski *Rzeczy nienasycone*
Andrzej Czcibor-Piotrowski *Cud w Esfahanie*
Christian Skrzyposzek *Wolna Trybuna*
Grzegorz Strumyk *Łzy*
Piotr Siemion *Niskie Łąki*
Michał Komar *Trzy*
Piotr Wojciechowski *Próba listopada*
Jerzy Sosnowski *Wielościan*
Tomasz Małyszek *Kraina pozytywek*
Krystian Lupa *Labirynt*
Tadeusz Zubiński *Odlot dzikich gęsi*
Henryk Rozpędowski *Charleston*
Anna Nasiłowska *Księga początku*
Cezary Michalski *Siła odpychania*
Adam Czerniawski *Narracje ormiańskie*
Ida Fink *Odpływający ogród*
Magdalena Tulli *Tryby*

...archipelagi...

Wojciech Kuczok

Gnój

(antybiografia)

Warszawa

Patronat medialny:

Przedtem

T e n dom miał dwa piętra. Ojciec starego K. wybudował go dla swojej rodziny; miał nadzieję, że rodzina się szybko zacznie powiększać: synowie podrosną, córkę się wyda za zięć, trzeba będzie im wszystkim udostępnić mieszkania, suterena może być dla służby (służbę „koniecznie koniecznie" chciała mieć matka starego K.). Ale nie przewidzieli nadejścia wojny; wiedzieli co prawda, jak wszyscy, że wojna gdzieś tam się zawsze wałęsa, ale mieli nadzieję, jak wszyscy, że do nich może nie zajdzie tak prędko; cóż, postanowiła przyjść właśnie wtedy, kiedy życie ułożyło im się wygodnie, jakby do sjesty. Przyszła wojna i posłanie zdarła, wymięła, trzeba było ścielić od nowa. Tyle że po wojnie już nie było ich stać na służbę, co gorsza, nie było ich stać na dom o dotychczasowych rozmiarach, sprzedali więc parter.

– Ach, to tylko parter, kiedyś się odkupi – mówili.

– W końcu córkę wydamy, pójdzie za mężem – mówili, szybko jednak wydało się, że nie tak łatwo będzie córkę wydać, że jeszcze trochę trzeba będzie na nią powydawać, bo raczej była do różańca niż do tańca, a i na synów, nieskorych do żeniaczki, w ogóle do niczego nieskorych, nieskoordynowanych, długo dojrzewających, jak to się mówi.

I tak jakoś na parterze zamieszkali sąsiedzi, nieszczególnie sąsiedzcy, nietowarzyscy, co akurat matce starego K. ułatwiło sprawę, bo sprzedając ów parter, powzięła decyzję:

– Do tych ludzi to ja się nie odezwę, choćby nie wiadomo kto to był.

Za to, że musiała sprzedać, za to, że dom jej własny rodzinny nagle stał się domem podzielonym, pękniętym. I tak przez lata udawała, że nic się nie zmieniło, że parter jest tylko chwilowo poza użytkiem; i tak przez lata wszyscy K. nauczyli się omijać, ignorować „tych z dołu". Ojciec starego K. powtarzał:

– Dobrze chociaż, że to jacyś porządni ludzie, mogliśmy gorzej trafić, przecież się nie awanturują.

Cóż, kiedy „ci z dołu" po kilku latach wyprowadzili się, sprzedali parter („jak śmiano, bez naszej wiedzy, bez konsultacji!", oburzała się matka starego K.), i pojawili się nowi „ci z dołu", niezbyt szlachetnego pochodzenia. Można by nawet rzec (gdyby można było rzec, bo nie było można), że „ci nowi z dołu" byli pochodzenia zupełnie nieszlachetnego, pospolitego, a ściślej mówiąc (choć tego nie wolno było na głos uściślać, to podlegało zmowie milczenia i ponurej dezaprobacie), „ci nowi z dołu" przeprowadzili się do t e g o domu wprost z ulicy Cmentarnej. Cmentarna podczas okupacji zwana była ulicą Kamienną, Steinstrasse, zostało jej z tych czasów ohydnie brzmiące zdrobnienie „Sztajnka", ohydą brzmienia w t y m domu podkreślano ohydę jej mieszkańców; ulicę Cmentarną zamieszkiwali wyłącznie byli, obecni lub przyszli grabarze i ich rodziny, w mniemaniu rodziców starego K. Sztajnka była ulicą alkoholików, nędzarzy i przestępców, kopulujących tym owocniej, rozmnażających się tym zacieklej, im większą biedę przyszło im klepać, im więcej w nich wstępowało beznadziei. Matka starego K. nawet nie spoglądała na drzwi „tych z dołu", zabraniała tego również swoim dzieciom, ale trudno im było powstrzymać się, nie spostrzec nowej wizytówki, nie zauważyć, że „ci z dołu" noszą takie zabawne nazwisko, Spodniakowie, he he, Spodniaki, to prawie jak kalesony po śląsku, ojciec starego K. też zauważył ze zdziwieniem, że w nazwisku sąsiadów nie ma pochylonego „a", aż się prosiło, żeby to „a" pochylić u ludzi, którzy przeprowadzili się z odwiecznie śląskiej, proletariackiej dzielnicy, aż się prosiło, żeby to „a" sproletaryzować.

Państwo Spodniakowie nie mogli długo się uchować w grabarskim środowisku. Pan Spodniak jako element napływowy nie mógł znieść tych wszystkich nieprzyjemności, gwarantowanych przez rdzennych mieszkańców dawnej Steinstrasse; jako *gorol* z perspektywami był namiętnie nienawidzony przez wszystkich sąsiadów, jego perspektywy zaś rysowały się wskutek zatrudnienia w kopalni, które sobie błogosławił i któremu pozostawał wierny noc w noc, bo dziennych zmian mu nie proponowano. Jako *gorol* musiał przeto zadowolić się dobrze płatnymi szychtami w nocy, dzięki czemu mieszkańcom Cmentarnej trudno było aktywnie wyznawać nienawiść do pana Spodniaka, skoro w dzień odsypiał szychty, skoro nie pojawiał się o normalnych porach na ulicy, skoro nie przychodził do szynku po robocie. Za to pani Spodniakowa zasługiwała na potępienie podwójnie: po pierwsze za to, że zachowała cnotę dla *gorola*, choć latami z grabarskim wdziękiem na tę cnotę nastawano, choć wracała do domu pobita, w potarganej sukience. Wydrapała, wyszarpała za włosy, wypluła im w oczy tę swoją cnotę; sukienkę matka zaszywała, a siniaki stanowiły przynajmniej kilkudniową barierę ochronną, bo już się nawet i seniorom rodów grabarskich serca wzburzały. Ostatecznie jednak chachary ze Sztajnki znienawidziły panią Spodniakową za to, że ośmieliła się wyjść za *gorola*, i co gorsza, *gorola* górnika, którego ukrywała jak cnotę w panieństwie, którego we dnie nie widywano, którego nawet nie można było napaść zmęczonego po szychcie, któremu nawet nie można było zębów wybić, bo komu by się chciało w tym celu wstawać o świcie. Pan Spodniak, nawet kiedy już nieco się na kopalni oswoił, *odgorolił*, bo w duszy nie miał jadu, nawet kiedy już zaproponowano mu zmianę dzienną przez pół miesiąca, z własnej woli wybierał nocki, po to, żeby wcześniej zarobić, wcześniej odłożyć, wcześniej móc wyprowadzić się poza ulicę Cmentarną. Póki co, pan Spodniak wracał o świcie do domu, nie budząc żony, wchodził do łazienki, zdejmował z siebie ubranie, nalewał wody gorącej, czekając, aż się napuści, zaglądał do kuchni, gdzie na stole leżała kartka z wypisaną przez panią Spodniakową listą strat dziennych, a to, że „ciepli hercka, aż kwiotki spadli, łokno i doniczka nowo łodlicz”, a to, że drzwi trzeba odmalować, bo „podrapali, pierony, nożami abo cym”, nieodmiennie zaś pod tą wyliczanką pani Spodniakowa zapytywała:

„Weź ino zaś tam dobrze polic, wiela nom to brakuje do wykludzynio, bo jo tego długo nie strzymia", brał tę kartkę ze sobą do łazienki, już w wannie czytał, liczył, rachował, zasypiał. Pani Spodniakowa codziennie więc budziła męża, wypuszczając wodę z wanny, pomagała mu przenieść się w pościel jeszcze po niej ciepłą, zaciągała zasłony i wychodziła z pokoju.

W końcu pan Spodniak uzbierał tyle, że mogli sprzedać mieszkanie przy Cmentarnej i po okazyjnej cenie kupić nowe, na parterze t e g o domu, cóż za traf... A kiedy już się to dokonało, kiedy pan Spodniak dostąpił celu swego życia, zapewniając sobie i małżonce byt wolny od koszmaru tubylców ze Sztajnki, z radości zapłodnił panią Spodniakową, po czym w spokoju ducha oddał się nałogowi alkoholizmu.

O mieszkających na parterze w t y m domu się nie mówiło, wszyscy K. żyli w niezmiennym przekonaniu, że posiadają cały dom na własność, mieszkanie na dole traktowali jak pustostan, sąsiadów mijali, nie zatrzymując na nich wzroku nawet na chwilę. Matka starego K. wpajała swoim dzieciom, że:

– Takie czasy, że arystokracja musi się gnieść drzwi w drzwi z motłochem, ale to wszystko się zmieni.

– Bóg wie kiedy – dorzucał złośliwie ojciec starego K.

– O tak, Bóg w i e, kim my jesteśmy, on nam to wszystko wynagrodzi – kończyła matka starego K.

Traktowali państwa Spodniaków jak powietrze, układ pięter uznając za czytelną metaforę hierarchii społecznej.

– Z dołem zadawać się nie będziecie, chyba że po moim trupie – powtarzała matka starego K.

Tymczasem pana Spodniaka dręczyła bezsenność, powziął więc decyzję o powrocie do nocnych zmian. Z wyjątkiem dni świątecznych, domostwem cieszył się przez kilka popołudniowych godzin, od obiadu do kolacji przesiadując w swoim kąciku w kuchni i w milczeniu kontemplując postępy swojego syna w osiąganiu dwunożności; przesiadywał z butelką wódki, bez której już nie mógł dziwić się światu, bez której nie mógł pojąć tej przewrotności losu, modły o mniej dokuczliwych sąsiadów spełniającego z taką nawiązką. Rodzina K. nie zdawała sobie nawet sprawy ze szczęścia, jakie wciąż jej sprzyjało, bo pan Spodniak z racji swego łagodnego charakteru był tak zwanym alkoholikiem ksobnym. Choć wypijał konsekwentnie pół litra wódki dziennie, czynił to w samotności, w zaciszu ogniska domowego, na żonę głosu nie podnosząc, bo i nie dawała mu ku temu powodu, wiedziała, że nie przestanie pić wcześniej, niż to sobie postanowił (nie chciała wiedzieć, że sobie postanowił, że nie przestanie). Z latami głos jego był coraz słabszy, oczy coraz bardziej wyłupiaste, coraz mniej rozumiejące, ale niezmiennie pozbawione agresji, pełne afirmacji świata, który dał mu ten nieznany być może wcześniejszym pokoleniom Spodniaków komfort własnego miejsca, miejsca w kuchni, przy butelce, miejsca, z którego widać było codzienną krzątaninę żony i zabawy syna. Kiedy zaś syn wyrósł z kuchni, a pan Spodniak nie musiał już jeździć do kopalni, skorzystawszy z łask wczesnej w tym fachu emerytury, przestawił krzesło w stronę okna, zwiększył dzienną dawkę do półtorej butelki i patrzył na drzewo. Bo z tego akurat okna widok ku światu przesłaniał wyniosły dąb, posadzony przez ojca starego K., budowniczego t e g o domu (ojciec starego K. twierdził, że „przy każdym domu musi rosnąć rówieśne mu drzewo, żeby pamiętać o tym, że się dom starzeje"). Pan Spodniak każdego dnia spoglądał więc ze swojego kącika na dąb, obserwował nerwowe wróble na gałęziach, ospałe gołębie, patrzył, słuchał. Panu Spodniakowi wydawało się, że w tym mieście nawet gołębie kibicują jego ulubionej drużynie, kiedy zwiększył dzienną dawkę alkoholu o jedno piwo, bo żona po latach przedłużonego macierzyństwa wróciła za ladę w spożywczym ("Łodstow już, chopie, ta gorzoła, byda ci piwo przynosić"). Kiedy więc zwiększył tę dawkę, usłyszał wyraźnie, że gołębie skandują "niebie-scy, niebie-scy", ale było to nie w smak bezczelnym gawronom, panoszyły się, przepędzały gołębie, wróble, nawet sikorki, panu Spodniakowi szczególnie było żal sikorek zimą, kiedy zdawały się takie bezbronne. Zimą pan Spodniak postanowił zwiększyć dawkę do pół litra wódki i litra piwa dziennie, a kiedy tego dokonał, któregoś dnia uznał, że pora wyjść i przepędzić wszystkie gawrony z miasta, niech wracają, skąd przyleciały; tego dnia pan Spodniak poczuł się już ostatecznie zadomowiony w mieście, dawno zapomniał, że kiedyś był *gorolem*, poszedł przepędzać gawrony i nie wrócił na noc. Pani Spodniakowa mimo trzaskającego mrozu pobiegła do kopalni sprawdzić, czy mu się coś nie pomyliło, czy nie stęsknił się za pracą; pani Spodniakowa wypytywała, szukała, łapała się za głowę, "łon poszoł bez mycki w taki ziąb", syn państwa Spodniaków także wziął udział w poszukiwaniach, sensacyjne zniknięcie jego ojca pobudziło kolegów z podwórka, mimo śnieżycy mieli ubaw, biegali po zaspach i wołali, i nic, i nic. Rano pani Spodniakowa, wracając z poszukiwań, natknęła się na męża w parku, sikorki wyjadały z jego zesztywniałej ręki słoninę.

Pani Spodniakowa musiała opłakiwać męża głośno i długo, matka starego K. bowiem pierwszy i ostatni raz w życiu zdecydowała się wtedy przełamać barierę sąsiedzkiego milczenia, zeszła po schodach i uderzając laską w drzwi, wołała:

– Będzie mi tu cicho!!!

Póki nie ucichło.

Ojciec starego K. zwykł powtarzać, że umrze, kiedy jego dąb sięgnie dachu; mówił, że do tego czasu minie wiele lat i chciałby, żeby jego dzieci miały już swoje dzieci i po jego śmierci ścięły drzewo, z drewna zrobiły trumnę i w niej go pochowały. Niestety, dąb przerósł dom po trzydziestu latach, ale ani stary K., ani jego rodzeństwo nie myślało o małżeństwie, ich matka zaś stanowczo popadała w demencję. Przepędzała wszystkie koleżanki swoich synów, polewając je z okna wodą; a córki pilnowała tak bacznie, że nie było kogo polewać. Pani Spodniakowej, która po wyprowadzce dorosłego syna prowadziła wysoce melancholijny żywot samotnej rencistki, podkładała na wycieraczkę psie gówna; wyciągała z szafy przeżarte przez mole suknie i futra sprzed wojny, wkładała wypłowiałe kapelusze i spacerowała po mieście, wsparta na laseczce; każdego dnia darła się wniebogłosy, zagłuszając równolegle odtwarzane z patefonu arie operowe. Nieustannie powtarzała swoim synom, że powinni pamiętać o pochodzeniu, nie mogą sobie pozwolić na mezalians, muszą szukać odpowiedniego dla siebie towarzystwa.

Matka starego K., nim wyszła za mąż, prowadziła cokolwiek ponury żywot jednej z pięciu córek palacza kotłowego, który to, owdowiawszy, aby utrzymać liczną rodzinę, pracował po osiemnaście godzin na dobę w pięciu różnych miejscach, wracał więc do domu tylko na niedzielne obiady. Miał tak twarde dłonie, że kiedy przytulał swoje dzieci, zostawiał im siniaki. Kochał swoje córki bezgranicznie, każdej z osobna dedykował inny kocioł, każdy ruch łopatą był konkretną ofiarą, matce starego K. przypadło akurat szpitalne krematorium, to z myślą o niej wrzucał łopatą do ognia stare opatrunki, zakrwawione zawiniątka, amputowane kończyny, których nikt nie chciał przechować na pamiątkę. Kiedy tylko jednej z dziewcząt urosły piersi i biodra, ojciec zapraszał na niedzielny obiad któregoś z synów znajomych palaczy i z zadowoleniem przypatrywał się grze spojrzeń i rumieńców, po czym z ulgą błogosławił pierwszy spacer we dwoje, a ten zwykle niewiele czasu dzieliło od ostatecznego błogosławieństwa.

Ojciec postradał gdzieś rachubę lat swoich pociech, zbyt wiele skupienia pochłaniało mu sumowanie przepracowanych godzin i przeliczanie ich na pieniądze, których i tak zwykle nie starczało; owóż, tylko pobieżnie szacując atrybuty kobiecości, orzekał u córek wiek sposobny ku żeniaczce. Matka starego K. wiązała więc rwące się do życia i pieszczot piersiątka, sukienkę wkładała wciąż tę samą, niezgrabną, aby tylko opóźnić dzień sądny, lecz kiedy przyszła na nią kolej, ojciec, zaniepokojony przedłużającym się procesem dojrzewania swojej córy, zdobył się, uprzednio Boga prosząc o przebaczenie, na małe śledztwo, przez dziurkę od klucza w łazience ujrzał marnotrawiące się, skrzętnie ukrywane kształty i zapowiedział, że następnej niedzieli:

– Przidzie na łobiod syn łod Helmuta, mojego kamrata z roboty.

I jeszcze:

– Rychtuj, dziołcha, dobry rosół.

Matka starego K., mając do namysłu sześć dni wolnych od ojcowskiej opieki, zdjęła z okien w izbie zasłony, uszyła sukienkę, po czym wyszła w noc sobotnią na zabawę z silnym postanowieniem. Nie interesowali jej chłopcy odważni, proszący do tańca, podrywający, zachęcający, jej uwaga kierowała się ku krzesłom pod ścianami, na których wiercili się skrępowani nieśmiałością młodzi melancholicy, głodnym wzrokiem wodzący po falujących na parkiecie sukniach, po migawkowo odsłanianych w pląsach i obrotach nóżętach, po dekoltach uchylających w skłonie tajemnice półokrągłych cieni; młodzieńcy ci, udręczeni nałogiem onanizmu, wychylali kolejne kufle dla kurażu i koordynacji zmysłów, cóż, kiedy wciąż nie mogli oderwać się od swych siedzisk i poprosić którejś z panien, choćby najbrzydszej na początek, do tańca. Ginęli więc kolejno w śnie pijackim albo oddawali się rozmowom w obrębie własnej płci, usiłując wspólnie ulżyć kompleksom. Matka starego K. wypatrzyła w końcu młodzieńca, który mimo niezłomnej pozycji podściennej nie sięgał do kieliszka ani też do rozmowy; młodzieńca, który w absolutnej samotności spozierał trzeźwym, wyrazistym wzrokiem na pląsające pary, a też i na akurat nieporwane w tan pannice; wzrokiem, który błagał o litość, bo choć chłopak miał proporcje szlachetne, cierpiał na tę przypadłość, iż był absolutnie niezauważalny, należał do tych, których się potrąca na ulicy i nie zwraca uwagi nawet wtedy, kiedy się za nami oglądają i wrzeszczą, że można by chociaż przeprosić. Młodzieniec miał wypisaną na twarzy kronikę klęsk miłosnych, co nadawało jej wyraz desperacji; wydawało się wręcz, że lada moment zdobędzie się na gwałtowny akt natychmiastowych oświad-

czyn wobec niewiasty uznanej za najmniej wyma-
gającą i ugrzęźnie w tragicznym małżeństwie
do końca swych dni (bo że był z tych, co to się
nie rozwodzą, też się wiedziało po pierwszym
wejrzeniu). Owóż matka starego K. uprzedziła
nieopatrzny ruch młodzieńca i osobiście prosząc
go do tańca, sama znalazła sobie męża.

Ojciec starego K. marzył o dębowej trumnie, bo miał w pamięci swojego dziadka Alfonsa. Najstarsi członkowie rodziny byli w wieku późnych dzieci Alfonsa, nikt tak naprawdę nie znał jego metryki; wszystkie dzieci, ich dzieci i dzieci ich dzieci uwielbiały siadać mu na kolanach, szarpać za siwe kłaki i pytać:

– Starzik, pszajesz mi?

A dziadek Alfons niezmiennie potwierdzał, że pszaje, i nigdy nie pomylił żadnego z imion, choć wiele już się powtarzało. Dziadek Alfons był prząśny mimo domniemanej osiemdziesiątki na karku, postawę miał wyprostowaną, rękę ciężką i – choć wielu jego potomków wolałoby, żeby wreszcie zdziwaczał, żeby można było przestać liczyć się z jego osobą – podczas każdej z rodzinnych uroczystości to on skupiał na sobie najwięcej uwagi; wszystkie synowe szeptały na ucho swym mężom:

– Ojciec to się trzyma, a ty, stary flaku?

Doprowadzały ich tym do szału, ale żaden nie śmiał spojrzeć na niego krzywym okiem, dziadek Alfons jednym spojrzeniem potrafił rozbroić

24

kobietę, dziecko, ale też równie łatwo umiał przygwoździć któregoś ze swych potomków do krzesła, tak że się bano nawet powiercić, ulżyć kościstym pośladkom, obolałym od twardego siedzenia, bano się, bo on mógłby popatrzeć karcąco, wzgardliwie i dorzucić:

– Co to za jakieś wynokwianie przy stole, jo sie pytom, czy ktoś sam mo glizdy w rzyci?

Ojciec starego K. był jednym z najukochańszych potomków dziadka Alfonsa, miał go za olbrzyma, co to wojnę by wygrał w pojedynkę, gdyby jej dożył, tak zawsze powtarzał staremu K. i jego rodzeństwu.

– Szkoda, że dziadek Alfons wojny nie dożył, już by on na pewno wymyślił coś takiego, że nas by nawet nie liznęła ta wojna, och, kto wie, czy w ogóle by wybuchła, gdyby dziadek żył, a już na pewno skończyłaby się właściwie jeszcze przed wybuchem.

Ojciec starego K., kiedy się jako dziecko licytował na podwórku z dziećmi sąsiadów, czyj dziadek jest lepszy i dlaczego, ostatecznie zawsze kończył na tym, że dziadek Alfons to całe drzewa wyrywa na ognisko jedną ręką, a z gałęzi robi sobie wykałaczki, i nikt nie protestował, bo o Alfonsie chodziły słuchy nawet po domach sąsiadów. Chodziły słuchy, że jest tak stary, bo śmierć się go boi; nie może go zajść od tyłu, bo Alfons ma oczy dookoła głowy, nie może go dopaść we śnie, bo Alfons śpi tylko w połowie – kiedy śpi lewa strona, prawa czuwa, i odwrotnie. Śmierć się go bała do spółki ze starością, bo Alfonsa nigdy nie nadgryzł czerw choroby, choć w jego ogrodzie zdążyły poumierać drzewa posadzone na cześć jego narodzin. Alfons mieszkał w chatce na dalekich przedmieściach, nikt tam do niego nie zaglądał, sam zawsze pojawiał się, kiedy zechciał, pewnie wstyd mu było gościć kogokolwiek w tym surowym domku z warsztatem stolarskim.

Nikt więc nie wiedział, że od dwudziestu lat dziadek Alfons sypia w trumnie dębowej, którą sam sobie wyrzeźbił, bo nie chciał sprawiać kłopotu rodzinie, a i domyślał się pewnie, że zanim się ci jego krewni zorientują, zanim przyjadą sprawdzić, czemu się przestał pokazywać, pewnie zdąży wgnić w podłogę. A tak, kiedy kostucha go we śnie dopadnie, to już w trumnie, no i będzie chyba na tyle grzeczna, że da mu jeszcze ten ostatni oddech, żeby się mógł wesprzeć na rękach i zamknąć wieko na wieki.

Tylko że śmierć dopiero sama zaproszona odważyła się przyjść po Alfonsa, kiedy poszedł sprawdzić, czy „tyn kinoaparat richtich tyla wort, wiela ło nim godajom". Pojechał do miasta na kronikę i zobaczył papieża, bo akurat były jakieś watykańskie fragmenty wyświetlane. A dziadek Alfons wielekroć powtarzał:

    – Jo by chcioł jesce ino zoboczyć papiyża i moga umrzyć...

    No to śmierć go złapała za słowo i przytrzymała, zbyt mocno, by mógł zaprotestować, i poprowadziła go do tańca, w tango białe i zimne jak kość.

Ojciec starego K. miewał braci. Żadnych sióstr – dobrali się z matką starego K. niechcący całkiem symetrycznie. Ojciec starego K. m i e w a ł braci, z różnych przyczyn bowiem śmierć przerzedzała ich szeregi, mimo usilnych zabiegów obojga rodziców, by nadążyć w regenerowaniu populacji. Szkarlatyna, gar z wrzątkiem, potem dwukrotnie Wehrmacht rekwirował młodszych K. na wieczysty użytek kostuchy, takoż jedynie ojciec starego K. i jeden brat – zwany Lolkiem – przedłużyli gałąź rodową w Rzeczpospolitej Ludowej. Lolek pracował jako pielęgniarz w szpitalu psychiatrycznym; rodzina gdzieś wyczytała, że w ten sposób nabywa się trzy procent wariactwa rocznie, i z roku na rok nieznacznie rozluźniała kontakty z Lolkiem. Stary K. jako dziecko go uwielbiał, bo Lolek swoim zachowaniem najdłużej z wszystkich dorosłych dotrzymywał obietnicy świata jako bezkresnego placu zabaw. Kiedy jesteśmy dziećmi, wszyscy dorośli w swoich infantylnych, sepleniących, ciumkających adoracjach dają nam do zrozumienia, że świat się składa wyłącznie z dzieci, my zaś jesteśmy tegoż świata „boziemój-bozie jakie to ślićne" pępkiem. Ledwie zdążymy wziąć to oszustwo za dobrą monetę, nagle poważnieją, przestają się wygłupiać i mają do nas pretensje, że sami przestać nie chcemy. Kiedyśmy zasmakowali pierwszego naśladownictwa, już nas łajają i dają nowy przykład, jakże odmienny i nieatrakcyjny. Wśród tych nieodwołalnie zestarzałych manekinów najłatwiej więc o autorytet temu, kto swój majestat wieku waży lekce, kto dotrzymuje nam pola pod stołem na rodzinnej imprezie, kiedy patrzymy na obmawiające swych właścicieli stopy, kto z nami w piłkę kopie mimo błota i deszczu, kto umie przedrzeźniać siebie samego.

Taki był dla starego K. wujcio Lolcio, który zmarł po dwudziestu pięciu latach pracy w wariatkowie jako siedemdziesięciopięcioprocentowy szajbus (według obliczeń rodziny K.). Jednak stary K. pod kuratelą swojej matki dorósł nader szybko – i to Lolcio poczuł się porzucony przez kompana zabaw, który przecież przysięgał mu dozgonną wierność w zamian za potajemne wprowadzenie na oddział. Stary K. zdążył jako dziecko zobaczyć podopiecznych Lolka, całkiem zresztą potulnych od barbituranów, sennie wykonujących prace ogrodowe na terenie szpitala, i nie mógł się nadziwić, jak to możliwe, żeby prawdziwi wariaci byli tacy grzeczni. Lolcio mu wytłumaczył, że „oni tylko udają", a wtedy stary K. dopiero się przeraził, bo zrozumiał, że skoro wariat może tak dobrze udawać grzecznego, to każdy może być wariatem, i zasiała się w nim na zawsze nieufność: zaocznie podejrzeniem ogarniał wszystkich, tak na wszelki wypadek, za najdrobniejsze odchylenie od normy, którą sam wyznaczał.

Po śmierci Lolcia rodzina już bezpiecznie mogła się stawić na pogrzebie, spokojna o to, że się żadna nieodpowiedzialność nie przytrafi; wszyscy K. mogli wreszcie zachować pełną powagę w obecności Lolcia, on sam nie mógł im w tym już przeszkodzić, poprzez śmierć stał się na powrót członkiem rodziny w pełnym prawie, śmierć go udekorowała Orderem Zaciśniętych Ust, najmilej widzianym zaszczytem w tej rodzinie.

A potem, kiedy porządkowano jego mieszkanie, stary K. znalazł w kredensie wujka dzieło jego życia. Lolek pisał przez lata powieść, której narracja miała jak najwierniej odtwarzać psychikę szaleńca; stary K. znalazł kolejne stosy papierów, znaczące etapy pracy nad książką – Lolcio wciąż udoskonalał ten wariacki strumień świadomości na podstawie swoich zawodowych obserwacji, poprawiał i uwiarygodniał, tym samym odzierając z logiki, a kiedy już uznał po ćwierćwieczu, że dzieło jest gotowe, że udało mu się napisać książkę, w której z idealną precyzją imitował pracę chorego umysłu, wysłał ją do wydawnictwa. Ze streszczenia, które sobie Lolcio naszkicował, wynikało, że chciał opowiedzieć historię wojenną. O mężczyźnie, który sobie ubrdał, że bez jego wiedzy w piwnicy ukrywa się żydowska rodzina, bo w nim się wyrzuty sumienia gryzły ze strachem. Jego żydowski przyjaciel któregoś dnia zapukał do drzwi z żoną i córkami; stał w tych drzwiach otwartych i nie musiał nawet nic mówić, bo jego wielkie oczy mówiły, bo wszystko mówiły jego wielkie oczy, bo w drzwiach stał strach ubrany w brudny prochowiec, bo za plecami strachu stały jego konsekwencje, stała jego wielokrotność. Mężczyzna – bohater Lolcia – patrząc w oczy strachu, pomyślał, że w tej właśnie chwili musi podjąć decyzję, która zaważy na całym jego życiu, ale nie był przygotowany na podjęcie takiej decyzji w niedzielę po śniadaniu, jeszcze w kapciach, jeszcze z niedopitą kawą i psem na spacer niewyprowadzonym, nie był przygotowany na takie oczy, stał więc i bał się; patrząc na córki Żyda, myślał o swoich synach i o kawie, i o psie, i o mszy niedzielnej, i spacerze popołudniowym, i zrozumiał nagle, że cokolwiek zrobi, jakkolwiek się teraz zachowa, nigdy już nic nie będzie takie samo; czy zamknie drzwi przed nosem tego milczącego człowieka, czy też wpuści go do domu, by ratować cudze istnienie i narazić swoje – jego życie zmieni się już na zawsze, jego oczy zmienią się już na zawsze i będą takie same jak te oczy żydowskie. I stał tak, chcąc zatrzymać czas na jak najdłużej, stał tak z niedopitą kawą w ręku, podzwaniającą z lekka o spodek, bo dłoń mu drżała, im dłużej stali tak z Żydem twarzą w twarz, tym głośniej podzwaniała o spodek filiżanka i przypominała nieznośnie, że to życie, nie fotografia, że czas płynie. I bohater Lolcia spuścił wzrok, zamknął drzwi przed tamtą twarzą, przed tamtymi twarzami z tyłu, a potem zaryglował zamki, a potem, wchodząc stopień po stopniu na pięterko, do mieszkania, z którego uchylonych drzwi wypływało nieubłaganie niedzielne ciepło, przypomniał sobie, że kawa już niemal wystygła. Właśnie wtedy, kiedy wypuścił z rąk filiżankę ze spodkiem, kiedy ze stoickim spokojem, a nawet satysfakcją patrzył i słuchał, jak się porcelana o marmur rozbija na drobiny, właśnie wtedy w drzwiach mieszkania stanęła żona i zapytała, co się stało, a on, bohater Lolcia, zrozumiał, że nigdy jej, że nigdy nikomu na to pytanie nie będzie mógł odpowiedzieć. Odtąd strach konsekwentnie zaczął odbierać mu zmysły, schodził do piwnicy po kilkadziesiąt razy w dzień i noc, żeby sprawdzić, czy się nikt w piwnicy nie ukrywa, podejrzewał żonę, a nawet dzieci, że w tajemnicy przed nim chowają Żydów, od tego strachu kazał rodzinie spać w ubraniu, w butach, żeby w każdej chwili byli gotowi do ucieczki, gdyby się wydało, gdyby sąsiedzi donieśli („tyn pieron mo Żydów"), gdyby pod dom zajechało gestapo; przekonywał tak usilnie, że przez dwa lata się nie rozbierali do snu. W końcu zamknął ich w domu, przestali się pokazywać, wychodzić, wszystkie okna i drzwi były zaryglowane z powodu jego urojenia, z powodu jego strachu, oni tam w środku przeżyli swój koszmar gorszy od wojny, zamknięci z tymi jego oczami. Wiedzieli, że nie mogą go umieścić w zakładzie, bo Niemcy pacyfikowali domy wariatów (Lolcio o tym wiedział najlepiej, że w szpitalu psychiatrycznym w czasie wojny można się znacznie szybciej nabawić wysokoprocentowego szaleństwa), więc żeby mu ocalić życie, siedzieli tam w zamknięciu miesiącami, jedli tylko zapasy.

Taka pokrótce miała być historia wariata opowiedziana przez niego samego piórem Lolcia, w którego papierach stary K. znalazł również oficjalną odpowiedź wydawnictwa. Odmowę wytłumaczono całkowitą nieczytelnością utworu, a nawet pozwolono sobie wpleść sarkazm, że chodzi raczej o nie-poczytalność, że to zupełny bełkot, prawdę mówiąc, i nikt przy zdrowych zmysłach nie przebrnie choćby przez dwie strony. Stary K. nigdy się nie dowiedział, czy Lolek potraktował to jako życiową klęskę, czy jako ostateczny dowód na skuteczność swojej empatii.

O swoich niedoszłych stryjach-wujach stary K. wiedział tyle, że „poginęli pomarli"; myślał o nich przy okazji rodzinnych spotkań cmentarnych we Wszystkich Świętych, myślał z tym nieprzyjemnym poczuciem niepokoju, z jakim dziecko patrzy na grób innego dziecka, o którym na domiar złych przeczuć dorośli mówią: „Popatrz, a to był twój wujek, umarł młodszy, niż ty teraz jesteś"; stary K. był tym zasępionym malcem, w którego oczach pełgały światełka zniczy szarpane wiatrem; stary K. był tym chłopcem, któremu nie pozwalało się zapalić znicza, bo wiatr wieje i trzeba umieć zasłonić zapałkę, od tego są dorośli mężczyźni, stary K. miał ładnie złożyć rączki i modlić się za duszę niedoszłych wujków, którzy „poginęli pomarli" wcześniej, niż ich życia zdążyły się ubrać w jakąś opowieść; niedoszli wujkowie starego K. istnieli już tylko w zdawkowych opowieściach o ich śmierci, nikt nie pamiętał, jak żyli, bo się nie zdążyli nażyć, pamiętano tylko, jak umarli, szkarlatyna, gar z wrzątkiem i Wehrmacht, i jeden tylko, najstarszy z niedoszłych, zapadł w pamięć życiem, o jednym tylko zawsze opowiadał staremu K. jego ojciec podczas cmentarnych przemieszczeń, przechadzek alejami, tylko „o tym wujku, co miał być malarzem", stary K. wysłuchiwał opowieści, uprzednio dokładając swoją świeczkę do gęstwiny świec zapalonych pod krzyżem cmentarnym za dusze niepogrzebane, za dusze zaginione, za dusze niepożegnane; to była świeczka, do której mały stary K. miał prawo, świeczka za niedoszłego wujka Gucia, który miał być malarzem.

Gucio był nieuleczalnym melancholikiem; gdyby nie życzliwość i refleks najbliższych, zamiast mierzyć się z własnym talentem, stałby się zapewne nałogowym samobójcą. Szkoły pokończył od niechcenia, niejako mimochodem, z dyplomami i wyróżnieniami, które najczęściej gubił, odwiedzając szynki na drodze do domu, jak przystało na młodzieńca nękanego wylewami czarnej żółci, pił bowiem już w latach licealnych, dużo i smutno; kompania birbantów zniechęciła się dość szybko do jego towarzystwa, bo zawsze po pijaku gadał o śmierci, Gucio oddawał się tedy swoim nastrojom już wyłącznie samotnie. W domu rodzinnym traktowano go z uznaniem dla jego zdolności, ale też ze świadomością, że reprezentować rodziny w żadnej mierze nie powinien, że lepiej dać mu zawczasu spokój podczas świąt i uroczystości, bo przy stole będzie siedział w nieprzejednanym milczeniu, dolewając sobie czerwonego wina, póki butelka nie wyschnie, a wtedy wstanie od stołu i pójdzie bez pożegnania do swojej celi (tak nazywał swój pokoik domowy) rozmyślać o przemijaniu. Kiedy Gucio poinformował rodzinę, że dostał się na Akademię i wyjeżdża pobierać nauki malarskie, rodzina odetchnęła z ulgą, ale i zaskoczeniem, wszyscy bowiem zdążyli pogodzić się z myślą o jego nieuchronnym nowicjacie, ciotki, wujkowie powtarzali niezmiennie:

– Taki wrażliwy to w dzisiejszych czasach albo zwariuje, albo pójdzie do klasztoru.

Wyjechał więc Gucio do wielkiego świata, rodziny kosztami nie obciążając w żadnej mierze, bo natychmiast zdobył sobie estymę profesorów i stosowne stypendium; z rzadka pisywał wymęczone listy, w których czujne oko matki między kurtuazyjnymi wersami, w drżącej linii pisma, w bardziej niż zwykle pochylonych literach, dostrzegało niezwykle intensywne napady melancholii, których Gucio musiał doznawać i ratując się wtedy na wszelkie sposoby, zapewne chwytał się i tego, jakim był list do rodziny. W istocie Gucio żadnej radości w sztuce nie odnalazł, bo mimo dostrzeżonego i pilnowanego talentu, nie przestał być samotny, a lęki śmiertelne nawiedzały go od czasu poświęcenia się sztuce coraz częściej. „Po co to wszystko?" – pytał Gucio, gruntując płótna, „Dla kogo to wszystko?" – zapytywał się w duchu, przygotowując blejtramy, „Ku czemu to wszystko ma zmierzać?" – zadawał sobie pytanie, wykonując laserunek. Zbieranie najwyższych not za kolejne obrazy budziło rosnącą niechęć jego konkurentów; z racji samotniczego usposobienia nie zauważył nawet, że od pewnego czasu nie tyle odmawia udziału w „imprezach integracyjnych", co nie jest na nie w ogóle zapraszany. Profesorowie powtarzali:

– Musi pan zawsze pamiętać o pasji; bez pasji nie ma sztuki; sztuki nie ma bez ryzyka; trzeba w sobie wyostrzać zmysły, pielęgnować nerw, szał, dbać o to, żeby się wznieść ponad życie, gdzieś tam na granicy obłędu wyłapywać to, co stanowi esencję, to, co stanowi o dziele, a potem wracać – balansować i wracać; musi pan zawsze pamiętać, że w sztuce nie ma spokoju, jako artysta spokoju pan nie zazna nigdy, a wyrzec się świętej sztuki dla powszedniego spokoju jest zbrodnią.

Ale dla Gucia nie było niczego bardziej świętego niż spokój i nic go nie nużyło swoją powszedniością tak bardzo jak malarstwo; zbyt łatwo Gucio osiągnął mistrzostwo warsztatu, zbyt szybko, by móc uznać to za efekt własnej pracowitości – ale też okazało się, że tam, gdzie warsztat trzeba zasilić pasją, tam, gdzie trzeba się oddać natchnieniu, Gucio napotykał nieprzebyty mur, znajdował tylko lęk, zniechęcenie i melancholię. Obdarzony sporym kredytem zaufania przez swych mecenasów, naraził jednak ich cierpliwość na szwank, bo ostatecznie i oni zrozumieli, że Gucio może i jest pojętnym i zdolnym malarzem, ale też panicznie boi się być artystą. Kiedy poczuł, że ten dotąd najtwardszy grunt, po którym stąpał, zaczyna mu mięknąć pod stopami; kiedy przeczuł, że naczelne usprawiedliwienie własnego istnienia, jakiego dotąd używał, traci na ważności, Gucio wpadł w depresję, zabrał wszystkie swoje płótna, spakował się i najbliższym pociągiem wrócił do domu. Obrazy wylądowały w domowej piwniczce, a Gucio w objęciach nerwicy wysokiej klasy – najintensywniejsze fobie wzięły się pod ręce i otoczyły Gucia szczelnie, nie pozwalając mu jeść, spać, wychodzić z domu, do tego rozbuchana hipochondria kazała mu umierać każdego dnia na inną z chorób. Matka załamywała ręce, ojciec kręcił młynki palcami, a młodsi bracia nasłuchiwali przez dziurkę od klucza w drzwiach pokoju Gucia martwej ciszy, w której się pogrążał. W końcu ojciec wpadł na pomysł, żeby Guciowi pracę znaleźć.

– Przecież chłopak niegłupi, papiery ma, marnować mu się nie pozwolę!

Jedyną posadą, którą doraźnie zdołał wynegocjować dla syna, była nędznie opłacana namiastka pracy umysłowej: Gucio miał czuwać w bibliotece nad archiwum – obrosłymi kurzem skoroszytami, z których prawie nigdy nikt nie korzystał; archiwum mieściło się w suterenie gmachu biblioteki, Gucio więc miał możliwość utrwalenia żabiej perspektywy, z której przyszło mu postrzegać świat. Każdego dnia po osiem godzin podpierał głowę na dłoni i oglądał ludzkie nogi wydeptujące trotuar; ludzie kończyli się na kolanach, czasem tylko jakieś małoletnie dziecko zdołało obrzucić Gucia ponurym wózkowym spojrzeniem. Gucio przyjął swoje nowe przeznaczenie z autystyczną obojętnością, takoż wykonywał obowiązki, z wolna uświadamiając sobie, że oto niepostrzeżenie odnalazł wytęskniony święty spokój, że oto na koszt państwa może oddawać się melancholii i nikt już nie każe mu szukać w sobie pasji, nikt go nie prowokuje do szaleństwa, nie podjudza do ryzyka, żadnych już wyzwań, żadnych powołań, wreszcie może sobie po prostu być nikim i po nic. A jednak Gucio wciąż czuł, że czerw acedii nie przestanie pełzać w jego żyłach, póki nie znajdzie się ktoś, z kim będzie można życie podzielić, pospołu opłacać za życie haracz, swój spokój wspólnie święcić, wspólnej pamięci o święceniu dni powszednich się oddawać. Jął Gucio czerpać korzyść niespodzianą z podziemnego punktu obserwacyjnego, zwłaszcza gdy nadchodziły miesiące letnie i przechodziły nad nim nogi żeńskie; Gucio dokonywał całymi godzinami skrupulatnego przeglądu damskich dóbr doczesnych, z racji mody ówczesnej skrzętnie schowanych przed męskim okiem pod spódnicami aż po łydki, a często aż po kostki – tak, ale rzecz jasna przed okiem usytuowanym, by tak rzec, na przewidywalnym poziomie, okiem przechodnia, a nie podglądacza. Gucio obserwował i katalogował nogi przechodzące za oknem, założył sobie zeszycik, w którym odnotowywał te najzgrabniejsze, schludnie opończoszone i ospódniczone, te, które przechodzą nad nim regularnie o tej samej porze (co świadczyło, że właścicielka nóg ma stałą posadę), te, które zawsze stąpają samotnie, bez towarzystwa nóg męskich, jak również bez okoliczności wózkowych, a kiedy już drogą selekcji wyodrębnił w kajeciku obserwatorskim nogi najwłaściwsze, postanowił, że się z nimi niezwłocznie ożeni, bez

41

względu na to, kim jest kobieta – na podstawie chodu, na podstawie postawy, na podstawie tego, co widział z sutereny, Gucio nabrał pewności, że chce, by te nogi go oplatały każdej nocy już do końca życia, nabrał pewności, że nie tylko świętego, ale najzwyklejszego spokoju nie zazna, jeśli nie posiądzie tej właśnie kobiety, jeśli nie zapłodni jej i nie wychowa z nią dziecka, i nie wyremontuje dla niej mieszkania, i nie pomoże w tysiącu obiadów, i nie nasłucha się tego stukotu obcasów zmierzających do ich domu i brzęku klucza, i szelestu zdejmowanego płaszcza, i nie usłyszy tysiąc razy z jej ust „kochanie, kochany, mój ukochany Gustawie". Owóż Gucio wyczekał stosownej chwili, wychynął ze swych podziemi, stanął na drodze nóg przez się wybranych, podniósł wzrok, zobaczył zdziwioną twarz dziewczęcą i zakochał się bez pamięci. Choć Gucio kipiał namiętnością, uwiedzenie wybranki nie było zadaniem prostym, bo dziewczę okazało się nadspodziewanie młode, przez co nad wyraz płochliwe i obwarowane opieką rodzicielską. Rodzice kształcili córkę w językach, przeczuwając, że w niepewnych czasach nic się nie zmienia tak często jak język urzędowy. Zaakceptowali Gucia szybciej niż córka, powiadali: „Oj, cera, dobrześ ty trafiła, gryfny karlus, dobro robota, nosz synek, ale po polsku umi; ty potrafisz szprechać po szwabsku, łon potrafi mówić, a godać, jak trzeba, łoba bydziecie umieli, jak znocie trzi rozmaite godki, to se poradzicie na tym Śląsku, choby sam bele kto prziszoł zamachać pistoulom"), ale zdobył ją konsekwencją, uporem, można by rzec, że z czasem uciułał jej przychylność, a potem uczucie. I posiadł, poślubił, zapłodnił. I zapadł w drzemkę małżeńskiego stadła, zapadł w miękki fotel, w ciepłe pantofle, w zapachy kuchenne, w remonciki domowe, w zbożne namiętności wieczorne, a potem obowiązki ojcowskie, wreszcie uczestniczył w rodzinnych uroczystościach, wreszcie wyzbył się lęków, wreszcie, nareszcie, tego... szczęście... pomalutku, dzień po dniu... czego jeszcze trzeba człowiekowi... może tylko (z czasem przyszła i ta myśl), może tylko tego, żeby sobie czasem odrobinkę pomalować, teraz już przecież mógł Gucio to robić bez presji, teraz mógł odkurzyć swoje stare płótna, przyjrzeć się im, pochwalić żonie i od czasu do czasu popracować nad jakimś nowym obrazkiem, ot tak, bez zobowiązań, bez obietnic. Tyle że żona z nieufnością przyjęła zwyczaj Gustawa (nigdy nie zdrabniała jego imienia, jej mąż wymagał powagi, był przecież głową rodziny, „Gucio" pasowałoby co najwyżej do rodzinnego półgłówka):

– Gustawie, ty malujesz... – mówiła niby to życzliwie, niby to zadowolona z tajemnych talentów małżonka, ale w gruncie rzeczy dość zaniepokojona obrotem rzeczy.

Owóż Gucio malował sobie z rzadka w domu, choć żona proszona do gabineciku celem oceny nowego dzieła raczej skłonna była utyskiwać na to, że „farba znowu nakapana na podłodze, kto widział tak flejtuszyć w mieszkaniu", niż rzetelnie się wypowiedzieć o obrazie; patrzyła na twórczość Gustawa beznamiętnie, kiwając głową z udawaną aprobatą, żeby męża nie zasmucić, ale też coraz częściej podejmując próby monotonnych uwag krytycznych:

– Ale czemu to takie smutne, takie jakieś mroczne te obrazy malujesz, nawet tego nie można powiesić u nas, bo się dziecko przestraszy; ja wiem, to jest dobre, ale nie mógłbyś raz czegoś ładnego namalować, choćby mój portret albo córeczki naszej...

Gucio nie mógł; chciał, ale nie mógł, bo w głębi duszy wciąż pobrzmiewał mu marsz żałobny, o którym dowiadywał się właśnie poprzez swoją sztukę; właśnie teraz, kiedy pełen był afirmacji, nie potrafił jej wyrazić pędzlem, jego płótna wciąż pokrywały obrazy śmierci i cierpienia. Uznał więc, że czas skończyć z tym nawykiem, postanowił sprzedać raz na zawsze wszystko, co się da, resztę obrazów rozdać znajomym i głód manualny zaspokajać majsterkowaniem. Ale kiedy przyszli kontrahenci, wśród których rozpoznał także dawnych kolegów ze studiów, kiedy z podziwem oglądali jego obrazy i nie chcąc wprost wyrazić swojego uznania, jęli się spierać o cenę na stanowczo zaniżonym poziomie, żona stanęła w obronie Gustawa:

– Dość mi tego targowania, to jest sztuka! Więcej ona warta niż wy wszyscy razem i wasze portfeliki! Wynocha mi z domu!

Gucio po tej interwencji poczuł, że oto zdobył ostatni już stopień życiowego komfortu, znajdując w osobie żony wiernego i stanowczego alianta; pojął, że z nią nie zginie, że teraz już niczym się przejmować nie musi, teraz tylko może patrzeć z fotela, jak córeczka się uczy chodzić, jak żona się krząta po domu, jak zgrabnie omiata wzrokiem pokoje, zauważając najdrobniejsze nawet pomarszczenia dywanu, najmniejsze plamy na obrusach, nierówności fałd firan, patrzył z fotela i czuł, że szczęście polega na tym właśnie, żeby się w życiu raz na zawsze poczuć bezpiecznie, żeby się znaleźć w punkcie, który już nie wymaga podjęcia żadnego ryzyka, żeby sobie znaleźć schron przed światem, a zwłaszcza przed sobą samym – a trzeba przyznać, że żona chroniła Gustawa przed Guciem wyjątkowo skutecznie.

No i właśnie wtedy ta wojna:

– To nas nie dotyczy, to się przetoczy bokiem

ten Wehrmacht:

– Wiem, że biorą Ślązaków, ale przecież gówniarzy

ten werbunek:

– Das ist Mißverständnis, ich habe ein Kind, ich habe gute Ausbildung! No czy on mnie nie rozumie?

te koszary:

Piszę do ciebie, kochanie, z nadzieją, że uda ci się niebawem wyjaśnić to nieporozumienie, na razie stacjonujemy...

te koszmary:

– Dobra, chopcy, jak zaś byda rycoł po nocy, to mie lekko szturchnijcie, ale mie nie duście, pierony, zygówkiem!

ten wymarsz:

– Przecież te skurwysyny mają nas za mięso armatnie, swoich by tam nie posłali...

ten okop:

– Pod Twoją obronę uciekamy się, Święta Boża Rodzicielko...

ten szturm:

(Miałem malować biegiem biegiem miałem mieć spokój skokami skokami miałem ułożone życie schylić się schylić Boże daruj mi jeszcze tym razem mi daruj oj walą teraz dopiero walą w nas byle do leja schować się w leju nigdy nie trafi drugi raz w to samo miejsce...)
i wreszcie ten lej:
(...przeczekać przeczekać przeczekać to tylko jak burza jak się dobrze człowiek schowa piorun go nie trafi oj walą mamo módl się za mnie mamo tato módlcie się teraz za mnie o Jezus Maria nic nie słyszę przecież ja chorowałem przecież się leczyłem przecież tacy jak ja im wojny nie wygrają nic nie słyszę o Jezu krew mi leci z uszu przecież normalnie z uszu nie leci coś mi się stało nie czuję nie słyszę nie chcę w tym mundurze nie chcę umierać w niemieckim mundurze zdjąć zdjąć zdjąć... nie czuję... moja krew... taka ciemna... mamo... módl się... teraz....................)

Stary K. każdego roku dostawiał świeczkę Gucia pod krzyżem cmentarnym, w to zbiorowisko płomyków, takie przyjemnie ciepłe jak ognisko, i kiedy słyszał zza pleców, że już trzeba iść w tę listopadową śnieżną mżawkę, modlił się za Gucia do jego patrona, modlił się za jego zaginioną duszę do świętego Spokoju i obiecywał, że sobie wybierze takie imię na bierzmowaniu, jeśli tylko święty Spokój będzie nad nim czuwał baczniej niż nad Guciem, najstarszym z niedoszłych wujków.

Ojciec starego K. bał się, że i jego wojna rozdepcze. Ale liczył na to, że jak każda zawierucha, wojna niszczy chaotycznie, bezładnie, zrywa dachy z domów, obok których pozostawia nietknięte gospodarstwa, i może właśnie jego oszczędzi. Ojciec starego K. z racji swego zawodu bał się wojny szczególnie, bo rujnowała to, co stawiał; ojciec starego K. jako tak zwany budowniczy na długo przed wojną miał koszmarne sny o gruzowiskach na miejscu stawianych przez siebie domów, to była jego nieuleczalna choroba, rak snów, każdej nocy wrzaski, pot, zrywania się do pozycji siedzącej z kołataniem serca; nawet żona nie mogła temu zaradzić, z czasem wyprowadziła się do pokoju dzieci, powołując się na to, że nie może już znieść tych przebudzeń w środku nocy, chce się wreszcie móc wysypiać jak normalni ludzie. Ojciec starego K. nadzorował pracowników z pedanterią, dokonywał dziesiątek dodatkowych pomiarów w gotowych budynkach, odwiedzał domy już dawno zamieszkane i wypytywał lokatorów, czy aby na pewno nie zauważyli jakichś pęknięć, rys, przecież pod spodem są kopalnie, zdarzają się tąpnięcia, lepiej zawsze sprawdzić, czy się nic nie ukruszyło, czasem wystarczy mała, ledwie zauważalna szpara, szczelinka w tynku, i od niej się zaczyna katastrofa; wypytywał ludzi z pasją nadopiekuńczej matki, aż z czasem stali się dla niego opryskliwi, przyzwyczajeni, że przychodzi raz na jakiś czas jak domokrążca, już przez uchylone drzwi, nie czekając na pytanie, zapewniali go, że nic nie pękło, nic się nie odchyliło od pionu, dziękujemy panu za troskę, do widzenia. A kiedy wybuchła wojna, czekał tylko, aż jego sen się ziści, czekał, aż dom po domu zacznie padać, wyrzucał sobie haniebny brak wyobraźni, bo przecież można było wzmacniać stropy piwnic, przystosować je do funkcji schronów przeciwlotniczych, jak to możliwe, że architekci w kraju, który powstał na gruzach ledwie zakończonej wojny, nie projektowali piwnic jako schronów, jak to możliwe, że ludzie po każdej skończonej wojnie natychmiast stają się tak bezmyślnie pewni, że to była już absolutnie ostatnia, że natłok przeżytych okropności nie pozwoli już nikomu wywołać kolejnej wojny, jak to możliwe, że ludzie w swej naiwności nie widzą, że natłok okropności wywołuje jeszcze większy natłok okropności, że wojna toczy się bez ustanku w zatrutych duszach i że te zatrute dusze za cel życia mają rozprzestrzenienie wojny na wszystkich, za cel mają zatrucie wszystkich. Ojciec starego K. najbardziej sobie wyrzucał to, że nawet we własnym domu zapomniał o schronie przeciwlotniczym, wiedział, że w razie nalotu nie będą mieli dokąd uciec, że zbiegnie z żoną i dziećmi do piwnicy i będą siedzieć przy kupie ziemniaków, i będą patrzeć na drżące słoiki z kompotami, i będą nasłuchiwać wybuchów, a on będzie ich musiał pocieszać i uspokajać, kłamiąc, że przygotował piwnicę, która wszystko przetrzyma, będzie musiał mówić dzieciom, żeby się nie bały, bo bombardowanie to tylko taka burza, którą wywołali ludzie, a prawdopodobieństwo trafienia bomby w dom jest niewiele większe od trafienia pioruna, będzie to musiał mówić głosem spokojnym i wiarygodnym, wbrew sobie, wbrew swoim wyrzutom sumienia i samooskarżeniom o brak architektonicznej wyobraźni.

Ale wojna nie rozdeptała ani jednego domu w okolicy, wszyscy mieszkańcy miasta okazali się szczęśliwymi mieszkańcami terytorium natychmiast uznanego za odwiecznie niemieckie, wszyscy mieszkańcy regionu przy odrobinie woli okazali się szczęśliwymi odwiecznymi Niemcami, mogli się oczywiście sprzeciwiać temu stanowi rzeczy, mogli się dobrowolnie pakować w tarapaty, ale mieli ten komfort obcy wielu mniej szczęśliwym regionom kraju, że ich domów nie burzono bez pytania, że nawet jeśli stawali się obywatelami drugiej albo trzeciej kategorii, nawet jeśli stawali się mięsem armatnim, nikt nie zdejmował im dachów znad głowy za pomocą bomb; sny ojca starego K. wciąż nie znajdowały swojej jawnej analogii. Jedynym budynkiem w mieście, który uległ całkowitemu unicestwieniu, bo gruzowisko natychmiast oczyszczono – w tym z nagła odwiecznie niemieckim mieście dbano o odwieczny niemiecki porządek i czystość – jedynym tedy budynkiem, który zrównano z ziemią tak, żeby nawet resztki wspomnienia o nim nie walały się po ziemi, budynkiem zniszczonym nie z powietrza, ale z ziemi, precyzyjnie zainstalowanymi ładunkami wybuchowymi, zniszczonym z zachowaniem odwiecznej niemieckiej precyzji i efektywności, była synagoga. Ale ojciec starego K. nigdy nie śnił o ruinach synagogi, nie śnił o ruinach świątyń, jego koszmary nie były tak monumentalne, powiadał zawsze, że kościołów tak naprawdę żal najmniej, bo Bóg nigdy nie jest bezdomny, ludzie zawsze mogą mieć msze polowe, a żal i strach wiążą się z utratą dachu nad głową; ojciec starego K. śnił o ruinach domów i bał się, że kiedyś wśród nich znajdzie i swoją ruinę, nie śnił o budynkach z n i k a j ą c y c h, nie śniło mu się nawet, że budynki mogą po prostu z n i k a ć, podobnie jak ludzie, jak tłumy ludzi, koszmary ojca starego K. nie były aż tak monumentalne, by dotyczyć dwóch i pół tysiąca mieszkańców miasta, którzy znikają równie nagle jak ich świątynia, nie śniło mu się nawet o tym, że można miasto o c z y ś c i ć (z odwieczną niemiecką precyzją) z dwu i pół tysiąca Żydów, których nie uznano za obywateli trzeciej ani nawet czwartej kategorii, których w ogóle nie uznano za obywateli; do ojca starego K. to nie docierało nawet przez sen.

Wojna nie rozdeptała domu, który ojciec starego K. zbudował dla swojej rodziny, nie rozdeptała też jego osobiście we frontowym leju, jak braci, ojciec starego K. miał szczęście, widocznie cały limit szczęścia przeznaczony dla jego rodzeństwa przypadł jemu; wojna jedynie nieco pomięła, podarła posłania, podziurawiła fotele, poszarpała kapcie, słowem: po wojnie stary K. nie mógł w spokoju rozsiąść się w miejscu, które sobie w życiu wymościł, parter domu trzeba było sprzedać, o służbie, którą „koniecznie koniecznie" chciała mieć żona, trzeba było zapomnieć, dzieci wychowywać na ludzi bogatych raczej w pamięć o zamożności niż w rzeczywiste dobra. Ojcięc starego K. do końca życia nie przestał śnić o ruinach wszystkiego, co w życiu zbudował, i choć śniły mu się wyłącznie budynki, z czasem pojął, że zgliszcza otaczają go wewnątrz domu, który stoi na solidnych fundamentach, z czasem pojął, że zgliszcza, o których śni, chodzą na jego nogach, jedzą jego posiłki, sypiają w jego łóżku, z czasem pojął, że to on jest ruiną, to w nim są gruzy, które go uwierają przez skórę, to on sam się uwiera, a nie żona, to nie dzieci go uwierają, to nie życie go przez całe życie uwiera, tylko on sam, sam siebie. Z czasem pojął, że wszystko, co go w życiu spotkało, całe to szczęście odebrane zmarłym dostało mu się przez pomyłkę, bo nie znalazł radości, wszystko mu się w życiu w y m y-k a ł o, żona mu się wymknęła, stała się hałaśliwa, złośliwa i obca, dzieci mu się wymknęły, nie miał żadnego wpływu na ich wychowanie, im bardziej chciał, by się od niego różniły, by były od niego lepsze, tym bardziej przejmowały wszystkie jego złe przypadłości. Wsiąkał sam w siebie, zamknął, zaryglował się w sobie, wrócił do swojej wrodzo-nej niezauważalności, do dziedzicznej melan-cholii; kiedy go pytano, jak się czuje, długo nie ośmielił się odpowiedzieć zgodnie z prawdą, długo nie mógł znaleźć właściwego słowa, które tłumaczyłoby jego nieszczęście w szczęściu, które usprawiedliwiałoby jego brak radości z trojga dorastających dzieciaków i energicznej małżonki. Dopiero kiedy zobaczył któregoś dnia, jak stary K. bawi się z młodszym bratem w chowanego w ogrodzie, kiedy zobaczył, jak mały stary K. korzysta z niewykrywalnej kryjówki wewnątrz dębu, znalazł właściwe słowo. Ojciec starego K. był człowiekiem wydrążonym; miał korzenie, miał gałęzie, miał swoje miejsce w ogrodzie, ale w środku był pusty, w środku mógł tylko sam się chować przed światem, zamykać, ryglować, wsiąkać.

Wydrążone dęby żyją dłużej niż wydrążeni ludzie; stary K. i jego rodzeństwo nie ścięli drzewa po śmierci ojca, bo drzewo stało się niezauważalne, od dawna nikt się w nim nie chował, od dawna już tak bardzo wrosło w widok z okna, że stało się przezroczyste. Ojciec starego K. nie doczekał narodzin j e d y n e g o w n u k a, jego j e d y n y w n u k miał się urodzić znacznie później, bo tymczasem córka raczej była do różańca niż do tańca, a synowie nieskorzy do żeniaczki, w ogóle do niczego nieskorzy, nieskoordynowani, długo dojrzewający, jak to się mówi. Umierał w szpitalu na raka snów. Kiedy dostał przerzutów na wątrobę, nagle stał się ostatecznie, boleśnie zauważalny dla całej rodziny, skupionej wokół jego łoża śmierci, umierał z ulgą, bo im mniej w nim było życia, tym bardziej czuł się wypełniony, tym bardziej czuł, że coś w niego wstępuje, umierał z uśmiechem, patrząc na swoje dzieci, na swoją żonę, czując, że przetrwał, przetrzymał lata wydrążenia, im bardziej umierał, tym bardziej odżywał, bo czuł, że nagle i niespodziewanie ogarnia go radość, cały ładunek radości, jaki miał przypisany swemu życiu, skumulował się w tych ostatnich chwilach, ojciec starego K. nie wierzył, że to tylko morfina, patrzył na swoją rodzinę zapłakaną przy łóżku i czuł się pełny, im bardziej tracił czucie, tym bardziej się rozczulał, tym bardziej się uśmiechał, a kiedy mu się zebrało na ostatnie słowo, poprosił starego K., który stał najbliżej, i szepnął mu do ucha, zanim umarł, choć może umarł właśnie w tym ułamku chwili, którego potrzebuje głos ludzki, by dotrzeć do cudzego ucha:

– Nic nie pęka, nic się nie odchyla.

Ojciec starego K. nigdy nie uderzył żadnego ze swoich dzieci.

Matka starego K. bywała surowa, bywała złośliwa, bywała okrutna, ale póki żył ojciec starego K., to na niego zrzucała odpowiedzialność za wymierzanie razów wychowawczych, to jemu zarzucała wychowawczą nieudolność z powodu całkowitej rezygnacji ojca starego K. z bicia swych dzieci. Po jego śmierci matka starego K. była już zbyt słaba, żeby móc swoje dorosłe dzieci smagać pasem.

Ojciec starego K. nigdy nie wspomniał o tym, jakoby kiedykolwiek oberwał od swojego ojca, nigdy nie wspomniał o tym, jakoby którykolwiek z jego braci był w domu bity.

Matka starego K. bywała posiniaczona przez swojego ojca tylko z powodu twardości jego zapracowanych rąk, tylko z powodu jego rozpaczliwie niezgrabnych przytuleń, którymi chciał nagradzać córkom permanentną nieobecność.

Dziadek Alfons rozbrajał dorosłych, kobiety i dzieci samym spojrzeniem i choć wszyscy bali się mu sprzeciwić, choć wszyscy byli mu zawsze posłuszni, nikt nigdy nie poczuł na sobie siły jego ręki, którą wyrywał ponoć drzewa, by z gałęzi robić wykałaczki.

Żadnych śladów. Żadnych tradycji. Wszystko na nic.

Przedtem było inaczej.

Wtedy

Pejcz nie był zbyt długi, miał około czterdziestu centymetrów długości, był za to gruby, krępy . – gumowy nahaj, twardy i wypełniony w środku. Nie żadna rurka z gumy, po takiej rurce ból jest ostry, kwaśny, mrowiący, ale zanika szybko, jak kręgi na wodzie, rozchodzi się po skórze i już go nie ma; taką rurką nie można zrobić większej krzywdy, jeśli nie liczyć samej krzywdy bicia, samego upokorzenia; taka rurka w zasadzie nie przynosi lepszych skutków wychowawczych od gazety zwiniętej w rulon; taka rurka jest dobra na jamniki, no, może foksteriery, drobny ból dla drobnej zwierzyny, czysta profilaktyka. Nie, t e n pejcz nie był pusty w środku, miał swoją wagę, miał swoją masę, miał też prawdopodobnie swój zapach. Ilekroć stary K. zabierał się do wymierzenia stosownej kary, kazał zwierzętom wąchać pejcz – czy to wilczurowi, którego tresował w latach młodzieńczych (większemu zwierzęciu przystosowanemu do większej krzywdy), którego uczył skakać przez bramę za pomocą nahaja (karą za nieudany skok było uderzenie, nagrodą za udany skok był brak uderzenia – cóż może bardziej przekonać większe zwierzę?), czy to terierowi kerry blue. Tej rasy szczenię stary K. przyniósł mi przebrany za Mikołaja, kiedy jeszcze srałem w tetrę, kiedy jeszcze nawet nie rozumiałem, jaką to funkcję ma pełnić ten obcy starzec o brodzie z waty, który najpierw pyta, czy byłem grzeczny, potem sam sobie odpowiada, że na pewno nie, i bije mnie rózgą; śmieje się i mruga do matki, że to tak trochę tylko, dla żartu, no i profilaktyki, ale ta drobna krzywda jest do mojego drobnego rozmiaru dopasowana przemyślnie. Tych kilka uderzeń rózgą, wymierzonych jakoby pół żartem, pół serio, wystarcza, żeby zapamiętać tego starca jako krzywdę. Wystarczy, by w niego uwierzyć na długie lata i w dzień szóstego grudnia nie podzielać entuzjazmu dzieciaków z klasy. Mikołaj ma rózgę i bije, i śmieje się, bijąc, i mówi:

— No już już zaraz dostaniesz prezenty, bo znowu taki niegrzeczny nie byłeś, żeby nic nie dostać...

Ale tymczasem wciąż jeszcze zadaje profilaktyczne uderzenia rózgą; wie, gdzie bić, omija pieluchę, która mogłaby stłumić razy, bije niżej, w podudzia, w łydki, bije dokładnie w te miejsca, które usiłuję przed nim zasłonić.

A potem stary K. dał mi czarne kudłate szczenię, teriera kerry blue, i w miarę jak piesek dorastał, rósł też rozmiar stosownej kary cielesnej, od gazety poprzez rurkę gumową po pejcz, t e n pejcz, tak uniwersalny, tak funkcjonalny – bo jednocześnie, choć nie za jednym zamachem, można było za jego pomocą wychować szczenię rasy kerry blue i dziecko rasy ludzkiej. T e n pejcz musiał mieć swój zapach, bo zanim stary K. przystępował do seansów wychowawczych, czy to w stosunku do suki, czy do mnie, podtykał nam pod nos t e n pejcz i kazał wąchać; już drżąc lekko podekscytowany władzą, już nie mogąc doczekać się chwili, w której zada pierwsze razy, mówił jeszcze „no, powąchaj". I choć niczego nie czułem, bo najczęściej już wtedy nos miałem zatkany łzami, pejcz musiał mieć swój zapach, z pewnością psi nos był w stanie go rozpoznać, z pewnością polecenie wąchania było adresowane bardziej do psa, ale skoro już metoda wychowawcza okazała się tak uniwersalna, należało ją na dziecku rasy ludzkiej zastosować z pełną konsekwencją, kazał mi więc wąchać i dopiero potem bił.

Pejcz miał strukturę zwartą, gęstą, ból już po pierwszym uderzeniu zadomawiał się na dobre; w zasadzie to pierwsze uderzenie wystarczało na cały dzień, a nawet na dłużej, w zasadzie ten pierwszy z razów pierwszego razu wystarczyłby na całe życie, ale nie mogłem tego wytłumaczyć staremu K. Mogłem tylko krzyczeć „Tato, nie bij", za każdym razem to samo, toteż stary K. nie zwracał uwagi, nie mogłem mu wytłumaczyć, nie mógł wiedzieć, że jedno uderzenie t y m pejczem wystarczało, żeby przez cały dzień nie móc usiąść, żeby przez całą noc nie móc zasnąć, żeby przez cały dzień następny unikać ludzkiego wzroku. Nie mógł tego wiedzieć, przecież nigdy nie został uderzony t y m pejczem, choć t e n pejcz miał już swoją tradycję, choć jego masę, efektywność i pewnie nawet zapach poznało już kilka większych zwierząt; cóż, kiedy ja byłem pierwszym z dzieci rasy ludzkiej, które zaznało tradycji t e g o pejcza, które zapamiętało ból, jaki nim zadawano, jaki nim zadawał stary K.; bo nikt inny nie odważył się wziąć t e g o do ręki, bo nikt inny nigdy by nie wpadł na myśl, by wziąć t o do ręki, by zrobić z t e g o taki użytek. Użytek, nie przymierzając, wychowawczy.

I ból na podobieństwo pejcza miał swoją gęstość. Już po pierwszym uderzeniu rozlewał się ciężarem po całym ciele; pierwsze uderzenie wyróżniało się nagłością, było najgorsze do przyjęcia, bo najdłużej oczekiwane, przez wtargnięcie do nieprzygotowanego ciała odnosiło największy skutek. W zasadzie to pierwsze uderzenie wystarczyłoby do osiągnięcia tak zwanego efektu wychowawczego, czyli w tym wypadku do wymuszenia absolutnej i bezwarunkowej podległości, a taką zasadę wpajał stary K. swoim psom i swojemu dziecku rasy ludzkiej, ale po pierwszym uderzeniu, które okazywało się jedynie wstępną iniekcją, następowały kolejne, wzmacniające, utrwalające wszędobylstwo bólu, utrwalające wszędobólstwo. I jak po iniekcji ból ma płynność ołowiu – i przez pośladki, które stanowią epicentrum, rozlewa się wzdłuż, wszerz i w głąb, aż po szpik kostny, aż po szkieleciarki, i dopiero, kiedy one miną, on ostrożnie ustępuje miejsca uldze, pielęgniarka wyjmuje igłę i naciera miejsce ukłucia – tak ten ból rozlewał się podobnie, tyle że był nieustępliwy, ulga nie mogła się doczekać i zniechęcona odchodziła z kwitkiem; t e n pejcz przynosił ból okrutny, bo samolubny, panoszący się w nadmiarze i w jedności miejsca i czasu. Stary K. dbał o to, by zawsze zadać o jeden cios za dużo, jeden raz na zapas, żebym lepiej zapamiętał (nie mógł wiedzieć, że t e g o już nie można lepiej zapamiętać), żebym nie zapomniał – nie mogłem mu wytłumaczyć, że t e g o się nie da zapomnieć. Gdybym nawet zdołał mu o tym powiedzieć, nie uwierzyłby, przecież nikt go nigdy nie uderzył t y m pejczem; gdybym nawet zdołał... Ale nie potrafiłem niczego, poza wykrzykiwaniem

„Tato, nie bij!"; choć później, za drugim czy trzecim razem, za drugim czy trzecim seansem wychowawczym już tylko „Nie bij!"; a później, za dwudziestym czy trzydziestym razem, już tylko „Nie!". „Nie" było bodaj najbardziej pojemną odpowiedzią na wszystkie ewentualne niejasności, na wszystkie domniemane pytania, a także na to, które zadawał mi stary K., bijąc mnie t y m pejczem. Które stary K. zadawał mi seryjnie, jak seryjnie zadawał ciosy t y m pejczem. Pytał:

– Bedziesz jeszcze? – (cios) – Bedziesz jeszcze? – (cios) – Bedziesz? – (cios) – Bedziesz? – (cios) – Bedziesz jeszcze? – (cios).

I choć nie do końca byłem pewien, o co mu chodzi, o to, czy będę jeszcze, jak to mawiają rodzice do swych dzieci, „niegrzeczny" (co w jego wypadku oznaczało bycie niezupełnie absolutnie i niezbyt bezwarunkowo podległym), czy też może chodziło mu o to, czy w ogóle jeszcze będę – a wtedy, kiedy t e n ból się we mnie mościł, kiedy się rozmnażał i zadomawiał, niezmiennie byłem przekonany, że nie będę; że nie będę już wcale: jadł, pił, oddychał, istniał, żeby tylko przestał bić. Krzyczałem więc „Nie!" lub też czasem, kiedy miałem jeszcze siły na wymówienie dwóch słów, jednego po drugim, „Nie bede!", tak na wszelki wypadek nie chcąc go urazić poprawną

dykcją. Czasem też, choć znacznie rzadziej, pytał
o co innego, zwykle wtedy, kiedy bił mnie w czy-
jejś obecności. Nie w obecności smutnych i współ-
czujących oczu psa, który jako jedyna istota
z żyjących znał poza mną ciężar t e g o pejcza,
który, co więcej, znał jego zapach; nie w obecności
psa, lecz człowieka, osoby trzeciej, czyli na
przykład matki lub też siostry starej panny, brata
starego kawalera, lub też, co także się zdarzało,
choć już niepomiernie rzadko, w obecności gościa
z zewnątrz, któregoś ze znajomych starego K.,
zwłaszcza wtedy, gdy odwiedził nas ze swoim
dzieckiem; zwłaszcza wtedy, gdy nieopatrznie,
bawiąc się z tymże dzieckiem, zbytnio pod-
niosłem głos lub też, nie daj Boże, goniąc z tymże
dzieckiem po pokoju, zahaczyłem o stolik i roz-
lałem kawę, lub też w jakikolwiek sposób nasza
zabawa przeszkodziła w rozmowie starego K. ze
znajomym. Wtedy, nawet jeśli wina była po stronie
dziecka znajomego, którego stary K. nie mógł
skarcić, demonstrował, jak należy wychowywać
dziecko rasy ludzkiej, i chwytał mnie za ucho,
mówił do znajomego: „Przepraszam cię na
chwilę", i wyprowadzał mnie do najdalszego
pokoju. A tam brał pejcz i bił, zadając pytanie
przygotowane specjalnie na okoliczność towarzystwa osób trzecich, to niejako bardziej sprecy-

zowane, lecz też z góry zwalniające mnie od wielowyrazowych odpowiedzi.

Pytał:

– Wiesz za co? – (cios) – Wiesz za co? – (cios) – Wiesz? – (cios) – Wiesz? – (cios) – Wiesz za co? – (cios).

W tym wypadku wystarczało mi z całą kategoryczną pewnością własnej niewiedzy odwrzaskiwać „Nie!!"

Potem wracał do znajomego i mówił, delikatniutko zdyszany:

– Co za histeryk pieprzony. Cała matka. Parę klapsów dostaje i ryczy, jakby go zarzynali.

I wracał do rozmowy, w której nikt już mu nie przeszkadzał. Aż do końca.

Chciałem, żeby wybuchła wojna. Czekałem, aż wybuchnie jakaś wojna, choćby tylko na kilka dni, wstąpiłbym wtedy do armii wrogiej tej, w której walczyłby stary K., a nawet gdyby nie walczył w żadnej, gdyby schował się gdzieś i próbował przeczekać, ja byłbym we wrogiej armii i wykonywał jej rozkazy, a rozkazem byłoby strzelać do przeciwników, wtedy w majestacie prawa mógłbym przyjść do domu i zastrzelić starego K., potem wojna mogłaby się skończyć. Czekałem na nią, niestety, ostatnia ze znanych mi skończyła się ostatecznie ponad ćwierć wieku przed moim narodzeniem; byłem dzieckiem pokoju, w szkole śpiewaliśmy piosenki o pokoju, odbywaliśmy akademie sławiące pokój, „Nigdy więcej wojny!" pisaliśmy na transparentach, nawet stary K. w chwilach refleksji wychowawczej mawiał:

– Nie zaznaliście wojny, gówniarze. Rozpieszczone szczeniaki. Za mało się was bije, za mało. Nie chcecie żreć, zdechlaki, bo nie wiecie, co to głód. Ja bym was wszystkich wychował...

Tak mawiał stary K. do tych, których nie dane mu było wychowywać, na przykład do dzieciaków sąsiadów z ulicy, obijających bramę piłką lub też docinających mu zza krzaków, kiedy spacerował z psem po osiedlu, lub też tych, które szkolnym zwyczajem odwiedziły mnie w dniu urodzin i nie zagustowały w kanapkach przygotowanych przez matkę. Czekałem więc na tę wojnę, że może się jakaś nadarzy, żebym mógł jej zaznać, a przy okazji zastrzelić starego K. Tymczasem historia była dla nas łaskawa (jak mawiał stary K.), byliśmy przez nią rozpieszczani, powinniśmy dziękować Bogu, że nie przeżyliśmy wojny (jak mawiał stary K.), ach, zresztą i tak byśmy jej nie przeżyli, bo takie zdechlaki nie miałyby prawa przetrwać, wojnę mogli przetrwać tylko ludzie twardzi, mocni, tylko ludzie silnej woli, mawiał stary K., a ja nie mogłem się nadziwić, skąd o tym wie, bo przecież urodził się w czasie wojny i zanim nauczył się na dobre chodzić, wojna się skończyła, zapewne ktoś twardy, mocny i obdarzony silną wolą pomógł mu ją przetrwać, zapewne był to jego ojciec, ale nie pytałem go o to, nie chciałem drażnić. Chciałem tylko, żeby na chwilę wybuchła jakaś mała wojenka, choćby tylko w naszym mieście, jakieś powstanie jednych przeciw drugim. I stary K. byłby jednym z jednych, a ja byłbym jednym z drugich. I miałbym karabin strzelający prawdziwymi nabojami. I pierwszym i ostatnim wrogiem, którego bym zdążył zastrzelić, byłby stary K. Potem powstanie znów stałoby się położeniem zupełnie pokojowym, jedni dogadaliby się z drugimi, a gazety podawałyby, że zginął tylko jeden człowiek, tyle co nic, przecież na wojnie ginęły miliony ludzi.

Niestety, historia nas rozpieszczała, pozwoliła nam wychowywać się w warunkach pokojowych (jak mawiał stary K.), dorastać w temperaturze pokojowej, dlatego nie mogliśmy wyrosnąć na porządnych ludzi, bo mieliśmy się za dobrze. Stary K. mówił w drugiej osobie liczby mnogiej wtedy, kiedy akurat nie spowodowałem indywidualnie niczego, za co należałaby mi się kara, kiedy akurat nie przypomniała mu się żadna tak zwana kara zaległa, kiedy niczego takiego nie mógł przywołać. Wtedy zamiast po pejcz sięgał po przysłowia, mawiał:

– Nic z was nie będzie, pieprzone zdechlaki, uczyć się wam nie chce, tylko wydurniać. Boże, co za dzieciarnia, ty widzisz i nie grzmisz... Durne szczeniaki... Jakby mi kto dał na wychowanie jednego z drugim, inaczej by śpiewali... Pamiętaj, synu, kto nie słucha ojca-matki, ten słucha psiej skóry. Zapamiętaj, czego Jaś się nie nauczy, tego Jan nie będzie umiał. Ja w twoim wieku nie miałem tak dobrze, ja musiałem pracować na siebie. Pamiętaj, ech... Trzeba by was trzymać krótko za mordę, może by coś wyrosło, a tak, ech, szkoda gadać... Wart Pac pałaca. Jaki ojciec, taki syn. Banda gówniarzy. Kocą się po tych osiedlach. Dzieci rodzą dzieci. Durne to takie. Ech, wychowałbym...

Tak mówił do „nas", których byłem jedynym słuchającym przedstawicielem; byłem słuchem swojego pokolenia, tylko słuchem, bo głosu nikt mi nie udzielił. Zresztą, nie chciałem głosu, chciałem tylko wojny, karabinu, chciałem tylko zrobić staremu K. trzecie oko w majestacie prawa, co w warunkach pokojowych byłoby niemożliwe, w warunkach pokojowych dzieciom nie daje się karabinów; co innego wojna, najlepiej powstanie. Widziałem pomnik małego powstańca, on na pewno biegał z karabinem i strzelał do wrogów, może nawet zastrzelił więcej niż jednego i dlatego postawili mu pomnik; ja nie chciałem pomnika, nie chciałem strzelać do nikogo poza starym K., bo bez karabinu byłem bezbronny, bo bez wojny byłem bezbronny, gdybym go zastrzelił w temperaturze pokojowej, zostałbym ojcobójcą, a stary K. mawiał:

– Pamiętaj, kto podnosi rękę na ojca--matkę, temu ta ręka uschnie.

Nie chciałem, żeby mi uschła ręka, codziennie rano sprawdzałem, czy mi nie uschła, bo we śnie, w każdym śnie podnosiłem na niego rękę, w każdym śnie byłem ojcobójcą, bo wojna nie chciała wybuchnąć nawet we śnie, bo gdyby wybuchła, nie podniósłbym ręki na ojca, lecz na wroga, mógłbym mu zrobić trzecie oko i nie byłbym ojcobójcą, tylko żołnierzem, który spełnia swój żołnierski obowiązek. I tak już cierpiałem do rozpuku od tych pokojowych pieśni, od tego niewybuchnięcia wojny i absolutnego niezanoszenia się na wybuchnięcie, aż któregoś ranka stary K. zaczął ze łzami w oczach krążyć po domu i mówić do matki:

– Słyszałaś, co te skurwysyny zrobili?

krążyć i mówić do swojej siostry starej panny:

– No to nam narobili, skurwysyny...

krążyć i mówić do swojego brata starego kawalera:

– To skurwysyny są, mówiłem, z takimi nie ma co gadać...

Kiedy wszyscy naraz zaczęli krążyć po domu ze łzami w oczach, zapytałem, co się stało, i usłyszałem:

– Biedne dziecko, wojna...

a potem:

– I co go straszysz, durna babo? Nie wojna, tylko stan wojenny!

a potem:

– To to samo, co wojna, tylko gorsza, bo swoich ze swoimi.

a potem:

– Jacy tam oni swoi, to same Rusy.

a potem jeszcze:

– Przeklęta komuna, przeżyje nas i nasze dzieci, i dzieci naszych dzieci!

Wtedy pomyślałem sobie: „Czy to możliwe? Co za szczęście!", i postanowiłem zapisać się do Rusów, do przeklętej komuny, i przeżyć ich (na dzieci się nie zanosiło u ciotki starej panny i wujka starego kawalera, byłem j e d y- n y m dzieckiem w t y m domu, j e d y n y m w n u k i e m ojca starego K., który t e n dom postawił), postanowiłem przeżyć ich wszystkich, a zwłaszcza starego K., którego chciałem zabić bezzwłocznie, w obawie, że ta wojna może nie potrwać wystarczająco długo.

Kiedy akurat nie spowodowałem niczego, za co należałaby mi się kara, kiedy akurat nie przypomniała mu się żadna z tak zwanych kar zaległych, kiedy niczego takiego nie mógł przywołać, stary K. zamiast po pejcz sięgał po przysłowia.

– Z żuru chłop jak z muru...

mówił, stawiając przede mną talerz wypełniony jego ulubioną zupą, przelaną z foliowego worka, w którym ją kupował w okolicach ulicy Cmentarnej, podgrzaną i uzupełnioną duszonymi ziemniakami. To było danie zastępcze, kiedy z jakiejś przyczyny matka wyszła z domu, kiedy z jakiejś przyczyny sam stary K. musiał naprędce przygotować obiad.

– Żur i kartofle to podstawa, to tak zwane danie podstawowe dla tych, którzy nie chcą być zdechlakami, a ty nie chcesz być przecież zdechlakiem...

mówił, jedząc swoją ulubioną zupę, która tymczasem stygła po mojej stronie stołu; zwlekałem, bo dla mnie nie było to danie podstawowe, dla mnie było to coś więcej niż brak obiadu, był to obiad, który należało spożyć oficjalnie, przy akompaniamencie ojcowskich mądrości, a potem nieoficjalnie, pokątnie, jak najciszej i najostrożniej zwrócić w toalecie. Nie nie, nie chciałem być zdechlakiem, ale żurek śląski z białego woreczka, firmowe danie z ulicy Cmentarnej, miał dla mnie smak Rawy, tak przynajmniej wyobrażałem sobie smak miejskiego ścieku, w którym wszelkie życie zamarło przed ćwierćwieczem, który śmierdział tak uporczywie, że jego szczególnie upierdliwy śródmiejski dopływ, zwany nostalgicznie Kanałem Sueskim, postanowiono zabetonować; każdy łyk żuru był łykiem Rawy, zupy z kanału.

– Coś ty powiedział, niedobra?! Nie bluźnij, synek, nie bluźnij, myśmy z ciotką-wujkiem jedli cały tydzień bratkartofle z kwaśnym mlekiem albo wodzionkę, zwłaszcza wodzionkę, bratkartofle to w lepszych czasach... O, albo panczkraut, wiesz, co to jest panczkraut, synek? Jedz, to ci powiem. Ziemniaki z kapustą... a wodzionka, wiesz, co to jest? Chleb z wodą, trochę czosnku. Bieda była, bieda... A żur, ooo, żur to dopiero było święto, najbardziej lubiłem żur. Z żuru chłop jak z muru, tylko zdechlaki nie lubią żuru, jedz jedz, synek, bo nie ma czasu. I nie bluźnij, tylko nie bluźnij...

Stary K. wycierał wąsa, wkładał talerz do zlewu, zalewał wodą i szedł myć zęby; żur mi stygł, a ziemniaki wystawały wciąż ponad jego powierzchnię, zbierałem nieco z tej wysepki i przeżuwałem, byle opóźnić pierwszy kontakt z coraz chłodniejszą zawiesiną. Stary K. mył zęby, wściekle szorował, ścierał szkliwo, ranił dziąsła, czasem do pierwszej krwi, mówił potem do mnie:

– Widzisz, jak się myje zęby porządnie? Aż krew leci, a nie tak jak ty, dwa razy szczoteczką góra-dół i po myciu.

Szorował długo i hałaśliwie, tak jak długo i hałaśliwie potem płukał usta, wielokrotnie, każdy zakątek ust płukał dokładnie i po wielekroć, spluwał z pluskiem, nabierał wody i ponownie płukał, potem też dopłukiwał gardło, na wszelki wypadek, z donośnym bulgotem. Kiedy słyszałem, że zbiera się ku końcowi, że zakręca kran, wyciera się ręcznikiem i porykuje z zadowolenia, wiedziałem, że już pora zmierzyć się z żurem, że dłużej już zwlekać nie sposób, więc kiedy wychodził z łazienki i zmierzał do kuchni na kontrolę, już jadłem; wchodził, spoglądał, pomrukiwał groźnie:

– Jeszcze nie zjadłeś?!

Ale widział, że jem; póki jadłem, choćby najwolniej, byłem nie do ruszenia, wychodził więc ponownie, tym razem do swojego pokoju, dokończyć prasówkę; Rawa przelewała mi się przez przełyk, gęsta, tłusta i zimna, zza okna dobiegał turkot kół i bluesowy zaśpiew woźnicy: „Kaartofle kartofle!", ale ja miałem jeszcze swoje ziemniaki w żurku, stary K. zawsze podawał talerz pełny po brzegi, nigdy nie udawało mi się zjeść nawet połowy, choć i tę prawie natychmiast zwracałem w toalecie, pocieszałem się, że kiedy wróci mama, zrobi dobrą kolację, ale tymczasem musiałem zjeść jak najwięcej, bo stary K. kończył prasówkę i nadchodził z ostatnią kontrolą.

– No mam nadzieję, że już zjadłeś.

Zaglądał do talerza i wołał:

– No co to ma być, czy ja mam zdechlaka w domu?!

Ale ja już byłem w ubikacji, zamknięty na klucz.

– Znowu nie zeżarł, cholerny zdechlak! – mówił, szarpiąc klamkę. – I co sie zamykasz, czekej czekej, jeszcze bedziesz o chlebie i wodzie, zdechlaku, to sie nauczysz, co to głód!

Warczał zza drzwi, już nie dbając o dykcję, jak zwykle, kiedy był wściekły, a ja wkładałem palce do gardła i wylewałem żurek, wykrztuszałem Kanał Sueski i nawet niespecjalnie docierały do mnie przekleństwa starego K. Dopiero potem, kiedy już przestałem wymiotować i czekałem, aż się uspokoi, co nieco docierało.

– Taki szkielet i jeszcze nie je, i to ma być mój syn?! Boże, ty widzisz i nie grzmisz... Jeszcze się zamyka w kiblu, zdechlak tchórzliwy... Nie bój się, nie będę cię bił, nie warto, ciebie wystarczy dotknąć i zaraz ci krew leci, anemiku, mocniej cię szarpnę i ci te kostki połamię, i jeszcze do więzienia pójdę. Nie bój się, nie będę cię bił, nie chcesz, to nie jedz, będziesz takie chuchro, że cię wiatr przewróci, wszyscy będą tobą poniewierać, chudzielcu, żadna dziewczyna cię nie zechce. Nie bój się, zresztą, siedź sobie, jak chcesz, tylko mi cyrku nie rób przed matką, jak wróci. Ja ciebie bił nie będę, ciebie życie pobije.

O tak, stary K. czasem zamiast po pejcz sięgał po przysłowia.

Lecz kiedy przypomniała mu się któraś z kar zaległych, milczał. Cicho, niepostrzeżenie otwierał szafkę i delikatnie zdejmował z wieszaka t e n pejcz, tak żebym nie zdążył w porę zwietrzyć niebezpieczeństwa, bo gdybym je zwietrzył, musiałby mnie najpierw gonić wokół stołu, a mieliśmy duży stół. Nie lubił mnie gonić, bo byłem zwinny; męczył się, ale jego ciosy potem wcale nie słabły, wręcz przeciwnie, wściekły, że zdobywałem się na tak drobną choćby, instynktowną dozę oporu, że biegałem po mieszkaniu, robiłem zwody, zastawiałem się krzesłami, tym samym zmuszając go do wysiłku, męcząc, bił mnie potem tym bezlitośniej, precyzyjniej, metodyczniej, och, kiedy już mnie złapał, podniecony gonitwą tak bardzo, że zapominał o odliczaniu, nie odliczał wymierzanych razów, jak miał w zwyczaju, nie wiedziałem więc, ile ich muszę znieść, bił już nie z powodu kary zaległej, lecz za opór, za ucieczkę, za to, że na jego „Chodź tu, powąchaj" nie podszedłem, nie powąchałem pejcza, nie nadstawiłem dupy, kara zaległa pozostawała zaległą, była przesuwana na inny termin, podwójnego wymiaru kary pewnie bym nie zniósł, a teraz bił mnie za swoją zadyszkę. Oglądałem sobie na przykład relację z Turnieju Czterech Skoczni, on na przykład akurat wrócił ze spaceru z suką i czymś tam szurał w szafie; myślałem, że zdejmuje po prostu płaszcz i chowa go, nawet kątem oka nie sprawdziłem, bo na ekranie Weissflog skakał sto szesnaście. Mówiłem właśnie:

– Tata, będzie rekord skoczni!

bo czułem, że do mnie podchodzi; myślałem, że po to, by zasiąść obok i oglądać ze mną zawody, ale on już nadchodził z pejczem, i jeśli w porę nie spostrzegłem, co się święci, jeśli nie zrobiłem uniku i nie zdołałem się wymknąć za stół albo na korytarz, on, zachodząc mnie nieco z boku i z tyłu, ostrożnie, jakby się zbliżał do dzikiego zwierzęcia, nagle przyspieszał i już finiszując drobnymi kroczkami, rzucał się i łapał mnie za ramię, akurat wtedy, kiedy Fijas pluł na boki i żegnał się przed swoim lotem, zanim zdążyłem powiedzieć:

– Tata, teraz Polak, nie patrzysz?!

Nawet jeśli zdążyłem to powiedzieć, nic do niego nie docierało, ważne było tylko to, że jest

– Kara zaległa, pamiętasz?

I już mnie kładł na tapczanie, przygniatał, i już zaczynały się ciosy.

– Mówiłem, że dostaniesz? – (cios) – Obiecywałem, że dostaniesz? – (cios) – Mówiłem – (cios) – mówiłem – (cios) – mówiłem, że dostaniesz? – (cios po trzykroć). – To pamiętaj, że nie rzucam słów na wiatr.

I zostawiał mnie poległego, a zza ściany bólu i klęski dobiegał mnie głos redaktora Mrzygłoda:

– Niestety, to nie jest dobry dzień dla naszego zawodnika, niestety, znów inni okazali się silniejsi...

Chyba że odpowiednim zwodem udało mi się go minąć. Nawet jeśli oberwałem, kiedy się zamachnął, to było to niedokładnie wymierzone uderzenie; nawet jeśli czułem to smagnięcie po plecach jeszcze dłuższą chwilę, udało mi się wybiec na korytarz i wtedy byłem wolny, oczywiście o ile wcześniej nie dotknęła mnie przykrość napotkania drzwi zamkniętych na klucz, bo wtedy stary K. dopadał mnie zadowolony z własnej przebiegłości, dopadał i tak dalej... Jeśli więc byłem już w korytarzu, zbiegałem co sił na dół, do wyjścia, w skarpetkach, nawet zimą; zanim stary K. zdążył się ubrać i założyć buty, byłem już poza domem, zanim zbiegł po schodach, byłem już ukryty w ogrodzie, w starym składziku sąsiadów z parteru... och, ja głupi, moje ślady na śniegu, dopadł mnie. A latem, och, ja głupi, wziął sukę moją kochaną rozmerdaną, dopadł mnie, choć wlazłem na drzewo, wspiął się do mnie; byłem już najwyżej, jak tylko się dało, u szczytu korony, cienkie gałęzie niebezpiecznie się pode mną uginały, nie mogłem już wyżej, a stary K. umościł się wygodnie o dwa konary niżej i bił mnie pejczem po nogach. Wołałem:

– Tata, bo spadnę!!

– Nie spadniesz, zejdziesz.

I bił tak długo, aż zszedłem. Dopiero kiedy zacząłem uciekać dalej, w miasto, uznał za wystarczające upokorzenie to, że biegam po ulicach boso, w śniegu, w deszczu.

– Trudno, kto nie słucha ojca-matki, ten słucha psiej skóry...

Uciekałem przed nim; a zawsze, kiedy uciekałem, biegłem do matki.

Czemuś go zbił?!

pytała starego K. matka, po cichu, miękko, jakby pytała w dwójnasób, jeszcze i o to, czy w ogóle wolno jej pytać, bo sama czuła się zbita, więc zbita z tropu pytała starego K. tak pytająco, płaczliwie, już głosem rwącym się od łkań i zająknięć. A stary K. nie znosił łez w jego stronę kierowanych, nie znosił łez kapiących na jego sumienie, bo za łzy mógłby już tylko przeprosić, a nie umiał przepraszać; bo o brak łez mógłby tylko poprosić, a prosić nie potrafił. To znaczy, bywało, że stary K. brał się do próśb lub przeprosin, bywało, że przepraszał lub też prosił seryjnie, ale nie miał zdolności, zawsze to brzmiało jakoś tak fałszywie, jakoś tak nie na swoim miejscu, lecz stary K. był jak pijany pianista, który się uparł wykonać karkołomną etiudę i im bardziej się myli, im rzadziej trafia we właściwe klawisze, tym uparciej rozpoczyna utwór od początku. Stary K. przepraszał więc matkę tak często, że to słowo zwietrzało zupełnie, straciło na wadze, odkleiło się od znaczenia. Podobnie jak jego prośby; z prośbami było jeszcze fałszywiej, bo stary K. prosił tylko po to, żeby nie zawsze żądać, tak więc jego prośba była żądaniem przebranym w damskie fatałaszki, nieledwie perwersyjnym ostrzeżeniem, że póki co, prosi, że tymczasem daje ułudę dobrowolności dla poprawienia ogólnodomowej atmosfery, ale już za chwileczkę, już za momencik padnie rozkaz i okazyjne przysłowie:

– Pamiętaj, synek, kto nie jest posłuszny z miłości, ten jest posłuszny ze strachu. Jak nie po dobroci, to po musie. Synek, synek, ojciec cię prosi, spoufala się z tobą, ale to jak groch o ścianę, właśnie: my z ciotką-wujkiem za nieposłuszeństwo na grochu klęczeliśmy, z nami się nie cackali rodzice, nie było rozmów spoufaleń, czekaj czekaj, jeszcze ty poklęczysz...

Podobnie było z jego wyznaniami miłosnymi, matka opowiadała, że przez pierwsze lata ich związku zasypywał ją tym „kocham cię", tym „moje najukochańsze głupcząko" – taki wymyślił skrót od głupiego kurczątka – obcmokiwał czułymi słówkami do obrzydzenia, im mniej się czuła kochana, tym częściej była przekonywana o tym, że jest „najpiękniejsze głupczę pieczone", że jest „pępulinek cudziankowy", że jest „miłość absolutnie nadżyciowa", bo choć stary K. umiał wyznawać miłość, niestety, nie bardzo wiedział, jak kochać. Kochał więc intuicyjnie przez szyderstwo, kochał przeklinając, kochał obrażając, a zawsze kiedy się łza polała, zasypywał matkę wyznaniami miłosnymi, przeprosinami i prośbami.

– Błagam cię, tylko już mi nie becz, no nie becz mi, ty mi chyba na złość beczysz... ·

Prośbami, które stopniowo przybierały na stanowczości.

– Ostatni raz mówię, nie beczeć mi!

Aż wreszcie wychodził, schodził piętro niżej do mieszkania swojego brata starego kawalera, swojej siostry starej panny i żalił im się, z jaką to histeryczką ma do czynienia, żalił się donośnie i niezbyt żałośnie, rzec by można, głosem dominującym i nieproponującym odpowiedzi, toteż brat i siostra zawsze słuchali go w milczeniu, skupieni na swoich czynnościach, na garach, na gazecie czy choćby na defekacji, bo stary K. w pogoni za słuchaczem gotów był nawet żalić się przez drzwi ubikacji.

– To ja, rozumiesz, ją z rynsztoka wyciągam, ja z niej damę robię, z tej lumpen-kury, dach nad głową daję, ja ci tu, bracie, mezalians popełniam, się narażam przed wszystkimi, tego, znaczy, reputację, i staram się jakoś, żeby się nie śmiali, bracie, w towarzystwie, uczę ją tego-śmego, a ona mi ryczy? Beczy? Nic nie gada?! Ona se myśli, bracie, że mnie milczeniem ukarze, przeesz to jest prymityw zupełny, to nawet nie warto... nie warto... się rozwodzić nad tym, tylko się rozwieść, aach...

I tak aż do wyżalenia; wtedy nagle milkł, po czym wracał po schodach na górę, do matki (brat lub siostra w tym czasie mogli spokojnie opuścić toaletę) i jak gdyby nigdy nic pytał na przykład o kolacyjkę albo zapytywał, czy już mu zajęła miejsce przed telewizorem.

– Dzisiaj Kobra dobra. Zarezerwowałaś mi już fotel, głupkochanko ty ojżeszmoja?

I jakby dotknięty amnezją, dziwił się niewymownie:

– No co to za nieodzywanie się do męża--czyzny swojego?!

Obejmował ją kuchennie wpół, od tyłu przy zlewie, i całował w szyję.

– No przecież nie gniewamy się chyba na mnie o coś?

A na odchodnym do pokoju jadalnego mówił:

– To czekam na kolacyjkę. Chcesz, żebym dał głośniej dziennik?

Matka niestety cierpiała na dość wolną przemianę materii nastrojowej i podczas gdy stary K. uznawał, że wszelkie napięcia opadły, ona wciąż pozostawała sztywna od zgryzoty, a gdy z wolna zaczynała topnieć, on akurat zmęczony podlizywaniem się znów wpadał w fazę dumy, znów „wyciągał z rynsztoka". Tak się nie mogli dopasować, sami do siebie, gdzieżbym ja więc mógł się wpasować między nich.

– Czemuś go zbił?!

pytała matka, z czasem coraz głośniej, czas jej dodawał odwagi, lecz i ujmował nadziei, toteż beznadziejność biorąc za podstawowy doping, z czasem pytała coraz wyraźniej, już bez łez przełykanych, już bez drżenia w głosie, z przebiśniegami przekleństw, jeszcze pod nosem, na stronie, do siebie, potem już całkiem oficjalnie miotanych, potem już jedyną tarczę i rapier jednocześnie stanowiących. Bo moja matka nie była uczona w mowie, stary K. jednym wyważonym i skierowanym wprost do celu zdaniem unieważniał, odbierał jej język, z ust wyjmował i matka pozostawała bez języka, czy raczej z językiem martwym, znieczulonym. Wreszcie milkła na kilka dni, jakby szukając sposobu, żeby się obudzić, myślała, że może śni życie na niewłaściwym boku, ale jakoś nie zdołała się odwrócić, więc przyszedł czas przekleństw i czas starości – tak się zbiegły ze sobą. Etykieta stała się etykietką i spłynęła z niej jak z pustej butelki porzuconej w deszczu. Wciąż jeszcze wstępnie pytała:

– Człowieku, za coś go zbił?!

Stary K. zawsze odpowiadał podobnie:

– Przede wszystkim go nie zbiłem, lekko go tknąłem, ale wiesz, co to jest za histeryk, zaraz beczy ryczy jak chory Benio i tą swoją chudą zdechlacką szyję wygina jak zarzynany kogut i tą grdykę wystopyrcza i się wyrywa. Lekko go tknąłem, ale to chuchro zaraz krew z nosa puszcza, przecież wiesz, że on tak umie na zawołanie...

Gadał, chodził wokół nas, wokół mnie zwiniętego w kłębek i matki pocieszającej, szepczącej do ucha:

– No już, już zaraz pójdzie stąd ten sadysta, więcej cię z nim nie zostawię, jemu to tylko bat dać, żeby ćwiczył w cyrku zwierzęta, to nie jest normalny chłop, biedne dziecko, Jezus, ty całą szyję masz czerwoną... Czemu on ma znowu szyję czerwoną, dusiłeś go, do cholery jasnej, czy co?! Chłopie, z tobą nie można dziecka zostawić na chwilę, przecież ty się nie nadajesz w ogóle na ojca, idź sobie na dół potresować swoje rodzeństwo, ty stary capie sadystyczny!!

I już się rozkręcali oboje nad moim kłębkiem, niezmiennie, zawsze, a z latami ich rozkręcanie się rozkręcało.

– No jasne, ona teraz bedzie zaś dziecko nastawiać przeciw mnie, on sie od ciebie tej

histerii nauczył, przecież mówie, że go nie tknąłem wcale nawet! Tylko lekko! A ty sie nie pytasz,
co on ojcu powiedział, ty sie nie pytasz?!

– Ojcu?! Ty się, chłopie, nazywasz ojcem?
Coś ty zrobił dla niego w życiu? Czyś ty mu chociaż
portret namalował?! Maltretować tylko umiesz,
tak cie wychowała na gruchlika ta twojo matka,
ta jyndza!!!

Matka zaczynała *godać* mniej więcej wtedy,
kiedy i stary K. rezygnował z poprawności języ-
kowej, jednocześnie uwalniały się w niej łzy
i gwara familocka.

– O, ona już znowu jedzie tym swoim
rynsztokiem, tym językiem rynsztokowym jechać
zaczyna, i to przy dziecku, nie po to cię z rynsztoka wyciągałem, żebyś w t y m domu go
używała! W t y m domu nikt nigdy nie używał
takiego języka! I ja sobie przy dziecku nie życzę!!
Bo zdaje się, że ja tu rzeczywiście kogoś jeszcze
muszę wychować!!!

– Ty chamie, ty gruchliku łoklany!! Wynoś
mi sie do tych swoich z dołu, ty lebrze, ty wulcu, ty
bedziesz mie straszył?! Mie?! Jakby nie jo, to tyn
dom by boł w ruinie, ty idioto!! Idź w pierony,
niech cie nie widza na oczy!!!

I stary K. wychodził z trzaśnięciem i schodził piętro niżej, a tam już miał się z czego żalić,

nawet gdy nie miał komu, nawet kiedy jego siostra wyszła właśnie na nieszpory panieńskie, nawet jeśli jego brat wyszedł właśnie na browary kawalerskie, żalił się sam sobie. Kiedy się stało na korytarzu, słychać było z pierwszego piętra monolog starego K., choć był to monolog apostroficzny, właściwie nawet dialog z matką, monologującą piętro wyżej, to znaczy oboje przeklinali się nawzajem w dwóch różnych mieszkaniach, jednakowoż czyniąc to z odpowiednim natężeniem, słyszeli się wzajemnie mimo oddzielającego sufitu względnie podłogi. A kiedy już usłyszeli strzęp przeciwnego sobie monologu, przerywając dla zaczerpnięcia oddechu własny, oburzali się i napędzali, i rozkręcali tym bardziej, tak że kiedy się stało na korytarzu (a stało się, a stałem, bo wyszedłem na schody, bo z lęku o to, by się nie stało coś na moich oczach, wychodziłem, stawałem na półpiętrze), kiedy się stało na półpiętrze, tę przedziwną rozmowę wykluczających się pozornie monologów można było słyszeć najlepiej, w pół drogi między wulgarnym już na dobre jazgotem matki a niewiele bardziej wyszukanym bluzgiem ojca. Stałem, lub raczej przystawałem na chwilę, żeby posłuchać tego dialogu przez dwoje drzwi zamkniętych i korytarz, tych wyznań gniewnych, obietnic rozwodu, retrospekcji genealogicznych, tych bukietów ostów, którymi się smagali mimo różnicy pięter. Czasem, nie nadążając słowami za potokiem nienawiści, matka tupała wściekle w podłogę, namierzywszy pierwej miejsce, w którym w danej chwili podłoga była sufitem dla starego K., tupała i wrzeszczała już, zanosząc się i dławiąc, jak suka, która zaszczekuje się do utraty psiego oddechu.

– Ty pieroński kurwiorzu, ty szmaciorzu, ty luju cmyntarny, jo-ci-dom!!!

Tupała, kopała, a stary K., czując te tąpnięcia nad sobą, stawał na krześle i młotek do mięsa z siostry szuflady wyjąwszy, walił w sufit.

– Ty wściekła suko tam na górze uspokoisz ty się albo dzwonię po policję, ty szmato ty kurwo ty hieno cmentarna, ja-ci-dam!!!

Słyszałem więc najlepiej, kiedy stałem na półpiętrze, kiedy się chciałem utwierdzić w ucieczce, kiedy się chciałem upewnić, że i tego wieczoru nie pozostaje mi nic innego, jak wędrówka po osiedlach, zaglądanie do okien, za którymi ludzie po prostu siedzieli, jedli i mówili do siebie; do okien, z których sączyło się przez firany światło. Ustawiałem się w cudzym świetle jak zbieg przyłapany przez reflektory służb granicznych, kiedy nie wiedząc jeszcze, po której stronie wpadł, powtarza we wszystkich znanych mu językach słowo „azyl".

Długo nie miały pretekstu – starszaki, u których się pojawiłem na niecały rok, „by chociaż trochę zaznać dyscypliny przed pójściem do szkoły" (jak mówił stary K.), jakbym dyscypliny musiał szukać poza domem; starszaki, ku których zaskoczeniu pojawiłem się jako „tojestwasznowy-kolega", długo nie miały pretekstu. Przymierzały się, mierzyły mnie wzrokiem, obwąchiwały ostrożnie tygodniami, ale nie miały pretekstu, nie miały impulsu, który by im dodał odwagi, brakowało im jednoznacznej okazji, żeby mi pokazać, żeby odepchnąć, żeby ugryźć. Dopiero bal przebierańców, pierwsza maskarada w moim życiu, pierwsza oficjalna zabawa w moim życiu, dopiero ten bal dał powód, dopiero podczas tej zabawy dokonało się ostateczne wyodrębnienie, definitywne odsunięcie. Dotąd te sześcioletnie istoty nie wiedziały, co czują, nie potrafiły tego nazwać, potrzebowały wzoru, reguły, przykładu, dotąd ich przeczucie było od pełni świadomości równie dalekie jak malowane w zeszytach szlaczki od pisma; dotąd, do tego balu czuli, że jestem inny, ale nie wiedzieli, co to znaczy ani co z tego wynika, ani co się robi, jak się mówi, jak się wymawia słowo „inny".

Trzeba mnie było za coś przebrać. Kiedy więc matka po raz pierwszy zadała mi pytanie „Kim chcesz być?", już nigdy później niebrzmiące tak beztrosko, odpowiedziałem:

– Kurro Himenezem.

– A kto to jest? – spytała matka i pewnie to pytanie, na które nie mogłem znaleźć odpowiednich wyjaśnień, wystarczyłoby, żebym dał się przebrać za kogokolwiek, za kogoś rozpoznawalnego, gdyby nie stary K., zza którego pleców raz mi się zdarzyło obejrzeć odcinek czy tylko fragment odcinka przygód Kurro Himeneza, stary K. oglądał ten serial i wiedział, o kogo mi chodzi.

– No jak to, przecież Kurro to Kurro, bardzo dobry pomysł. Czekaj, zrobię ci piękny kapelusz, mama ci obszyje rękawy, będziesz prawdziwym Kurro Himenezem.

Nie wiedziałem, czy Kurro był Hiszpanem, czy tylko mówił po hiszpańsku, nawet nie wiedziałem, czy to jeszcze leci w telewizji, bo gdyby nie leciało, mogłoby się okazać, że Kurro zginął w ostatnim odcinku, przecież nie chciałbym przebierać się za trupa; wiedziałem jedno: Kurro Himenez nie był kowbojem. A za kowbojów przebrały się wszystkie starszaki płci męskiej.

Ich łebki topiły się w skórzanych kapeluszach dziadków, mieli kamizelki i odpustowe rewolwery, mieli paski i ostrogi przy butach. Wywoływani na środek sali podczas prezentacji, powtarzali niezmiennie: „Jestem przebrany za kowboja", z każdym kolejnym kowbojem pewniejsi siebie nawzajem, swoi, poczuwający się do siebie, chłopaki z osiedla, które wreszcie poczuły się wspólnotą nie tylko z powodu miejsca zamieszkania. O nie, jednak nie wszyscy byli kowbojami, synowie górników byli przebrani za górników; górnicy mogli kupować w lepszych sklepach, górnicy mogli stać w krótszych kolejkach, dobrze było mieć tatę górnika, dobrze było być przebranym za tatę, dobrze było chwalić się przy porannym rogalu:

– Mój tata mi kupioł koło na karta ge

a kiedy się usłyszało:

– Mój tata też mi kupił rower

dobrze było odpowiedzieć:

– Ale jo mom lepszy

dobrze było chwalić się tatą górnikiem, tę kartę przebić mógł tylko ktoś, kto miał wujka w efie, wtedy ów ktoś zawsze mógł zamknąć dyskusję:

– A jo mom najlepszy, bo niemiecki.

Nie wszyscy byli kowbojami, było kilku górników; ale synowie hutników, piekarzy i kierowców nie przebierali się za hutników, piekarzy i kierowców, oni przebrali się za kowbojów, bez wyjątku. Nie chciałem się przebierać za starego K., nie bardzo wiedziałem, jak miałby wyglądać mój kostium, nie bardzo wiedziałem, kim tak naprawdę jest stary K., choć on sam przedstawiał mi się zwykle jako „magister sztuk najpiękniejszych". Stary K. miał w piwnicy t e g o domu swój warsztacik, do którego nigdy mnie nie wpuszczał, a w którym powstawały

— ...rzeczy, które tymczasowo muszę robić, żeby cię utrzymać, synek. Ale pamiętaj, ojciec twój jest kimś, jest absolwentem akademii sztuk przepięknych, artystą plastykiem, mnie się nie musisz wstydzić, o nie. Jak się trochę polepszą czasy, znów będę wystawiał, znów będę malował, rzeźbił, znów będą o mnie mówić, a wtedy zarobię takie pieniądze, że... — i tu zaczynał wyliczankę rzeczy, które nam kupi, kiedy tylko czasy się poprawią; matka zwykle przerywała te wywody na swój sposób, zwykle mieszając powiedzonka:

— Chłopie, przestałbyś wreszcie obiecywać gruszki w popiele...

Nie mogłem się przebrać za starego K., musiałbym wtedy mieć na sobie stary poplamiony farbami fartuch i przedstawić się jako ktoś przebrany za kogoś przebranego za magistra sztuk przepięknych, wolałem stać się Kurro Himenezem. „Jestem przebrany za Kurro Himeneza", powiedziałbym na środku sali, podczas prezentacji, gdybym nie wiedział, że zaraz się zasieje milczenie, a potem nastąpi szmerek, a potem padnie pytanie z ust pani, na które spuszczę tylko wzrok po czarnych sztruksach, aż po kapciuszki: „A kto to jest?"

Kurro Himenez, za którego mnie przebrano, miał spodnie obszyte w pasie szarfą (nie miał więc prawdziwego paska), białą koszulę z oblamowanymi rękawami i wstążkę na szyi, miał też czarny kapelusz wykonany własnoręcznie przez starego K. z tektury (nie miał więc prawdziwego kapelusza) i – och, to pewne – nie był kowbojem. Matka i stary K. tym razem się postarali, choć początkowo wszystko odbywało się jak zwykle:

– Będziesz miał najoryginalniejszy i najpiękniejszy strój na balu. Pamiętaj, synek, ojciec jak już się za coś weźmie, to konkurencja drży. Ze strachu oczywiście – mówił stary K., sklejając kapelusz.

– Na pewno zostaniesz królem balu – mówiła matka, obszywając spodnie, przegryzając nitkę, spozierając na starego K. – Tylko sklej mu to równo, chłopie.

– „Chłopie" do mnie nie mów przy dziecku, lepiej patrz, czy szyjesz równo.

– Ja na pewno szyję równo, ja mu w przeciwieństwie do ciebie nie pomagam raz do roku, tylko codziennie mu piorę, szyję, gotuję, i to nie jest wielkie halo, a ty jak już się łaskawie dziecku do pomocy zabierzesz, tobyś najchętniej do zdjęć przy tym pozował. Chłopie.

– No patrz, będzie zaczepiać denerwować mnie jak sklejam, się ręka zatrzęsie, to wcale nie będzie równo, idź mi stąd, idź do kuchni najlepiej, tam masz miejsce!

– Ty, uważaj, bo ja ci zaraz do kuchni pójdę, ustawiać-przestawiać to ty se możesz tych swoich na dole, rodzinkę swoją, a nie mnie, będzie mnie przestawiał, do pierona jasnego, jak dziecku szyję! Cham.

– Coś ty powiedziała? Cham, do ojca, przy dziecku?! Ty stara świnio, mnie będziesz obrażać? A ty, synek, matce uwagi nie zwracasz? To sami se sklejajcie, proszę bardzo, ja się z rynsztokiem spoufalał nie będę, koniec!

– Ty pieronizno zapieronowano, wynoś mi się stąd, całe życie sama dziecku pomagam, to i teraz se poradzę! A ty nie becz! Co beczysz? Dziecko przez ciebie płacze, gnoju ty, stary chamie zbolały ty!!

– Na korytarzu mi nie rycz, krowo, na pastwisko się wynoś! Sąsiedzi nie muszą wiedzieć, że krowę w mieszkaniu trzymam!!

Ale w końcu postarali się, każde z osobna, ojciec wrócił do sklejania kapelusza w nocy, już sam na sam ze sobą musiał dowieść, że nie rzuca słów na wiatr; skoro raz obiecana kara nie traciła na ważności, nie ulegała przedawnieniu, także i inne obietnice nie mogły być lekceważone, tego się trzymał; w końcu się postarali.

Nie zostałem królem balu, choć jako jedyny nie byłem górnikiem ani kowbojem, a może właśnie dlatego; nie zostałem królem balu, bo byłem Kurro Himenezem, a nikt nie wiedział, kto to taki; bo to, co brałem za serial, było filmem, którego nikt nie obejrzał, wszyscy za to oglądali westerny. Choć może nie zostałem królem balu dlatego, że stojąc na środku sali podczas prezentacji, powiedziałem:

– Jestem przebrany za kowboja.

I było milczenie, i był szmerek, ale nie było pytania, mogłem więc wstąpić do szeregu i zrobić miejsce następnemu, ale nie byłem kowbojem, i oni o tym wiedzieli równie dobrze jak ja, i znaleźli pretekst. Bo miałem kapelusz z tektury. I kiedy podszedł pierwszy i powiedział:

– Te, kowboj, ciulowy mosz kapelusz

i szarpnął za rondo, i oderwał kawałek, potem każdy z nich, każdy w skórzanym, prawdziwym kapeluszu na głowie podbiegał ukradkiem i skubał kawałek, tak że pod koniec zabawy nie miałem już kapelusza, tylko coś w rodzaju czarnego czako, właściwie mógłbym się już przedstawiać jako górnik. Potargali mój tekturowy kapelusz i już rozumieli, co to znaczy, jak się mówi, co się robi innemu, kiedy udaje, że jest swój.

Ślina. Plwociny, charki, griny, gluty. Szkoła
była ich przytułkiem. Śliną znaczono w niej tery-
toria, śliną się porozumiewano, śliną wyznawano
miłość i pogardę.

Pluto, pluliśmy. Nauczono mnie pluć.
Zanim po raz pierwszy napluto na mnie, jednego
z pierwszych dni szkolnych w ogóle, zobaczyłem,
jak się rozmawia, plując; dwóch siódmo- czy
ósmoklasistów, w każdym razie tych olbrzymów,
doroślaków, którym pętaliśmy się między nogami
przez pierwsze lata, którzy nie zwracali na nas
większej uwagi niż na gołębie, dwóch z nich rozmawiało ze sobą, plując, rozmawiało za pomocą
plucia, być może była to ostatnia faza rozmowy,
która nie zdołała zakończyć się kompromisem,
być może zaś była to jej jedyna możliwa faza, być
może tych dwóch już od dawna rozmawiało
ze sobą wyłącznie za pomocą plwocin; tak czy
inaczej, jednym z obrazków powitalnych, jednym
z pierwszych widoków, jakimi powitała mnie
szkoła, stara, przedwojenna, renomowana (jak
mawiał stary K.), który także do niej chodził przed
laty, tak więc może nawet pierwszym z obrazów,

które zapamiętałem na zawsze, z których przyszło wyciągnąć mi wnioski, była ta milcząca rozmowa. Jeden pluł na drugiego, drugi pluł na pierwszego, najpierw na zmianę, jakby wymieniali poglądy, potem już zajadle, jednocześnie, seryjnie, już nie czekając, aż stosowna porcja spłynie na język ze ślinianek, tylko plując na wiwat, za wszelką cenę, coraz wątlejszymi bryzgami plując sobie w twarz; rozmawiali ze sobą, plując sobie wzajemnie w twarz, czemu przyglądała się ze znużeniem grupka innych dorosłaków, a kiedy już im zaschło w ustach, wytarli twarze rękawami mundurków i rozeszli się, każdy w swoją stronę.

To była bardzo stara szkoła, najlepsza według starego K., niektóre z nauczycielek jeszcze go pamiętały. Mówił:

– Ja chodziłem do tej szkoły, i twój wujek, i twoja ciotka, i nikt nigdy nie przyniósł wstydu naszej rodzinie, ty też nie możesz go przynieść.

Byłem więc bardzo uważny, żeby tylko gdzieś się wstyd nie nawinął, wysilałem oko i ucho, żeby jak najszybciej jak najwięcej pojąć, nauczyć się, co to znaczy być uczniem t e j szkoły, tymczasem jednak nic nie rzucało mi się w oczy lepiej niż ślina. Ślina była pouczająca. Szybko oduczyła mnie kontaktu z poręczami, jakiego-kolwiek kontaktu, nie mówiąc o niewinnej perwersji zjeżdżania z poręczy, bo poręcze w t e j szkole były zawsze zaplute, lepkie od śliny, zieleniejącej tu i ówdzie wskutek zwyczaju doroślaków, ale i młodszych uczniów t e j szkoły, zwyczaju wychylania się przez barierkę z ostatniego piętra i plucia studniowym korytarzem w dół, plucia na ręce nieopatrznie sunące wzdłuż poręczy, na dłonie tych, którzy jeszcze się nie oduczyli kontaktów z poręczami, oczywiście nie każde splunięcie trafiało w tę dłoń, czasem polowanie się nie udawało, choć techniki namierzania celu zawsze mi imponowały, albowiem plujący wysączał z ust glut-kokonik na ślinowej szypułce i pozwalał mu swobodnie zwisać spomiędzy warg, dopóki nie został naprowadzony na ruchomy cel, wtedy glut się uwalniał i spadał w wyznaczonym kierunku, nie zawsze trafiał w nieostrożną dłoń, czasem, mimo licznej grupy polujących, nikt nie trafiał dokładnie, nikt nie rozstrzygał konkursu na swoją korzyść, za to prawie wszystkie charki trafiały w poręcz i prędzej czy później ręka, która uszła pociskom, ścierała glut z poręczy, tak czy inaczej więc dostawała nauczkę, i tę jedną z nauk, których udzieliła mi ślina, pojąłem i zapamiętałem szybko; najszybciej i najwięcej w pierwszym okresie mojej edukacji nauczyła mnie ślina. Wydawało się, jakby w t e j szkole wszyscy cierpieli na nadmiar śliny, pozbywali się jej bez ustanku i bez okazji, jakby wszystkich nękał permanentny ślinotok; och, oczywiście pluli przede wszystkim chłopcy, i to chłopcy szczególni, tak zwane chachary ze Sztajnki, ulicy Cmentarnej, która podczas okupacji zwana była ulicą Kamienną, Steinstrasse, ulicy zamieszkiwanej wyłącznie przez byłych, obecnych lub przyszłych grabarzy i ich rodziny, ulicy alkoholików, nędzarzy i przestępców, którzy kopulowali tym owocniej, rozmnażali się tym zacieklej, im większą biedę przyszło im klepać, im więcej w nich wstępowało beznadziei. Mimo stosunkowo niewielkiego obszaru, jaki zajmowała Cmentarna i jej sąsiedztwo, wyniki prokreacyjne jej mieszkańców były na tyle wysokie, że niwelowały zupełnie różnicę między chacharami ze Sztajnki a resztą uczniów, zdążających na lekcje z innych osiedli, rozsianych po odleglejszych częściach miasta, resztą uczniów z tak zwanych lepszych rodzin, z tak zwanych rodzin normalnych; ach, można by rzec, że owa reszta, która uczęszczała do t e j szkoły z osiedli cieszących się opinią zwykłych, normalnych, a nawet nieposzlakowanych, stanowiła w t e j szkole mniejszość, można by rzec, że t a szkoła zdominowana była przez chacharów z Cmentarnej i okolic, którzy cierpieli na permanentny nadmiar śliny. Asfaltowe podwórko, oblegane przez tłumy dzieciaków podczas długiej przerwy, zdobione było wianuszkami plwocin, znaczącymi miejsca, w których odbywały się grupowe dyskusje. Kiedy w kilkuosobowych grupkach odbywały się owe niespełna dwudziestominutowe pogadanki mię-' dzy dzwonkami, mówiący przerywał co jakiś czas wywód splunięciem, przysłuchujący się potakiwali, cedząc gluty przez zęby, im bardziej popluwali, tym zdecydowaniej zgadzali się z mówiącym, a zwieńczeniem podobnych obrad było wspólne spluwanie na asfalt wszystkich. Po lekcjach na swoich podwórkach mieli jeszcze papierosy. I właściwie więcej w ich życiu już się nie zmieniało, widywałem ich potem przez lata, już dorosłych, do dziś ich widzę, jak się zbierają pod domami, stają w kółeczku i gadają o silnikach, filmach karate i genitaliach swoich kobiet, które stoją przy nich i śmieją się; gadają, palą papierosy i plują na asfalt, zostają po nich wianuszki śliny, jak przed ćwierćwieczem na szkolnym podwórku.

Ślina była moją pierwszą nauczycielką, ona przywracała mnie do porządku, przerywała nam zabawy, nam, młodszym, którzyśmy tkwili jeszcze w etapie naśladownictwa, więc i zabawy mieliśmy te same co doroślaki, siódmo- i ósmoklasiści, nastoletnie chachary z Cmentarnej. Kiedy graliśmy w ducę, wrzucanie monet do wykopanego dołka, ślina znudzonego doroślaka była definitywnym sygnałem końcowym, doroślaki pluły nam do dołków bezinteresownie, tak że musieliśmy kopać nowe, do których także nam pluli, tak że musieliśmy korzystać po kryjomu z ich dołków, ucząc się w ten sposób konspiracji i jednocząc w dreszczyku wspólnego zagrożenia. Ślina pierwsza nauczyła mnie dyskrecji, kiedy przyniosłem pokazać kumplom zeszyt z autografami, kiedyśmy go oglądali przed lekcją w zwartym kręgu, przepychając się, by mieć lepszą widoczność, kiedy zainteresowany zbiegowiskiem siódmak podszedł i zagadnął: „Co tam mocie?", kiedy usłużnie podałem mu zeszyt, mówiąc z dumą i respektem: „Autografy", kiedy rzuciwszy okiem na podpis króla strzelców ligi, powiedział: „Fajne", wziął zeszyt pod pachę i odszedł, kiedy pobiegłem za nim i prosiłem, żeby mi nie zabierał, prosiłem głośno, płaczliwie i natrętnie: „Oddaj, no oddaj", kiedy wreszcie znudzony odparł: „Dobra, mosz", i zanim mi go wręczył, napluł specjalnie spreparowanym, zielonobrązowym glutem spod samego mózgu, z centralnych części zatok czołowych, wprost na stronę członków reprezentacji, po czym zamknął okładkę, ścisnął i skleił z pietyzmem strony; ślina była skuteczną nauczycielką. Należało się jej spodziewać z wszystkich stron: prosto w twarz, kiedy przeciwnikowi zabrakło słów; z boku, bo na szkolnych wycieczkach ten, który zaspał, był budzony glutem w ucho; z góry, kiedy się przechodziło pod niewłaściwym balkonem w drodze do szkoły. Och, droga do szkoły, wtedy zwłaszcza z tyłu byłem naznaczany.

Och, droga do szkoły. Bo ja od osiedli tak zwanych nieposzlakowanych, lecz także od szkoły oddzielony byłem ulicą Cmentarną i jej okolicą; bo przez całe osiem lat, by dojść na lekcje w porę, przechodzić musiałem ulicą Cmentarną na jej całej długości. Na ulicy Cmentarnej ślina groziła z okien i balkonów, pod którymi przechodziłem zbyt blisko, lecz także, a nawet przede wszystkim zza mnie, z tyłu; przyspieszałem każdorazowo kroku na ulicy Cmentarnej, którą pokonywałem na całej długości przez osiem lat po dwa razy dziennie, przyspieszałem, bo czułem, że idą za mną, zawsze ktoś za mną szedł, to były chachary ze Sztajnki, ale te najgorsze, te, które nie chodziły już nawet do szkoły. Wysiadywali w sieniach i na podwórkach w milczeniu i obserwowali swoją ulicę, ulicę grabarzy i ich rodzin, ulicę nędzy, brudu i przestępstw, obserwowali, czy czasem na ich ulicy nie pojawia się jakiś element z zewnątrz, czy nic obcego nie zakłóca jednolitej kompozycji kałuż, bruku, ścian z czerwonej cegły i zielonych parapetów, czy nie pęta się tu jakiś cudzy kundel, czy nie przysiada na płocie kot z innej dzielnicy. Siedzieli i pilnowali, cudzemu kundlowi przywiązywali do ogona płonący gałgan i patrzyli, jak goni wokół siebie, jak próbuje jednocześnie uciec od ognia i dopaść go („He he, teroz jes rasowy, kuwa, kundel podpalany, kuwa, he he"); kotami z innej dzielnicy rzucali z dachów zbyt wysokich, by mogły spaść na cztery łapy i przeżyć („Kuwa, bydzie lało, koty zaś nisko lotajom, kuwa, he he"), a za mną po prostu szli. Czułem ich oddech na plecach, czekałem na cios, który nigdy nie padł, tylko kiedy dochodziłem już do szkoły, kumple mówili: „Znowu jesteś cały obcharkany na plecach", bo chachary ze Sztajnki, idąc za mną, opluwały mnie, pluli mi na plecy, kiedy przechodziłem ich ulicą, znaczyli mnie. Och, droga do szkoły.

Stary K. powtarzał, że to najlepsza szkoła, do jakiej mogłem trafić, wiedział, co mówi, bo sam do niej chodził, jak ciotka i wujek.

– To szkoła z tradycjami, poza tym masz najbliżej, inne dzieci często muszą dojeżdżać tramwajami autobusami, a ty szkołę masz prawie pod nosem, właściwie tylko dwie trzy ulice i już jesteś.

Stary K. nie wspominał nigdy o chacha-
rach z Cmentarnej, jakby nie wiedział o ich
istnieniu, ale mógł o nich nie wiedzieć z tego
samego powodu, dla którego dziwił się tabunom
meneli w naszej dzielnicy, ich tępym dzieciakom
gotowym przebić opony dowolnie wskazanego
samochodu za oranżadę, za piwo lub papierosy,
gotowym przebić coś więcej, komu trzeba, dziwił
się i powtarzał:

– Za moich czasów tego nie było.

I jakkolwiek powtarzają to samo wszyscy
ojcowie i dziadowie, on rozumiał to dosłownie.

– Pamiętaj, t e n dom zbudował twój
dziadek, a mój ojciec, to jest najstarszy dom
w okolicy. Kiedy byłem mały, tu wszędzie wokół
były pustkowia, potem zaczęli się budować inni,
stawiali obok wille, potem te familoki, a potem,
po wojnie postawili obok nas bloki. Stąd to
robactwo, debile cholerne, za moich czasów
tego nie było! Myśmy pierwsi mieli t a k i dom
w mieście, twój dziadek go zbudował z dala od
centrum, żeby mieć spokój, teraz się pewnie
w grobie przewraca. Tyle debili pod oknami i nic
się nie da zrobić z tym, Boże, ty widzisz i nie
grzmisz...

Pewnie za czasów starego K. ulica Cmentarna dopiero stawała się ulicą Cmentarną po

latach monotonii bezludnego brukowego duktu, od tychże kamieni brukowych zwanego Stein-strasse; pewnie za czasów starego K. dawna Steinstrasse nie miała nawet tak zwanych okolic, a w każdym razie były to okolice bezludne; pewnie dlatego stary K. i jego siostra, i jego brat jako dzieci mogli bez nieprzyjemności chodzić tą ulicą do t e j szkoły, za ich czasów tam były pola i stawy, i nikt nie chodził, nie czyhał, nie pluł na plecy. Ale teraz były czasy chacharów ze Sztajnki, obecnie zwanej ulicą Cmentarną, to były ich czasy, bo przecież nie moje; nigdy nikomu nie powiem „za moich czasów", bo żaden czas nie był mój, nawet kiedy go miałem.

Oboje próbowali mi sprawiać przyjemność, kiedy się w nich otwierały pojemniczki z żalem, ze wzruszeniem, którego nie mogli przewidzieć ani też opanować; oboje wzruszali się nade mną z różnych przyczyn, w różny sposób i z różną częstotliwością. Stary K. wzruszał się rzadziej, lecz i racjonalniej, na przykład kiedy byłem chory. O dziwo, nie mówił wtedy nic o zdechlactwie, przypominał sobie bowiem, jak to rocznym będąc dzieckiem, zapłonąłem płucnie i był szpital i kroplówki, i krwi przetaczanie. Poza chwilami wzruszeń stary K. traktował tę transfuzję jako dowód, że płynie we mnie krew bandycka, mawiał:

— Ja się ciebie nie muszę nawet wyrzekać, bo w tobie nie ma mojej krwi, wszystko ci przetoczyli z jakiegoś bandziora, tylko jego krew masz i matki, w sam raz, żeby wylądować w poprawczaku.

Trzeba przyznać, że to brzmiało dość wiarygodnie, matka wypytywana przeze mnie o tamtego dawcę mówiła:

— Kto to wie, tam chodzili głównie pijacy krew oddawać, bo za to dostawali pieniądze.

Pieniądze i czekoladę, żeby uzupełnić magnez, a w tych czasach z czekoladą było jeszcze gorzej niż dzisiaj. Wujek Herbert ten-co-zmarł też chodził cały czas z krwią; jak już nie miał za co pić, to trzeźwiał i szedł tam skacowany, a potem prosto do monopolowego, tą krew już potem miał coraz słabszą, już mu pobierać nie chcieli, ten wujek Herbert wiesz-który, byłeś na pogrzebie, aha, ciebie nie było...

Nigdy więc specjalnie nie czułem żalu, kiedy ta krew podejrzanego pochodzenia ze mnie wypływała, może dlatego tak łatwo mój nos się poddawał, po lekkim trzepnięciu wystawiał zakrwawioną białą flagę. Stary K. co prawda szybko pojął tę przypadłość i kiedy bił, nos omijał z dala, ale na ulicy chłopaki, nie tak znów często dający mi centralnie w ryj, dość się peszyli tymi krwotokami, uciekali przestraszeni do domów, zamykali się w pokojach i oczekiwali na dzwonek do drzwi, przekonani, że przyjdzie po nich milicjant, że usłyszą w przedpokoju nerwową rozmowę ojca z matką i łomotanie do drzwi: „Łotwierej, ty huncwocie, ty morderco!" Bo kiedy już w ryj dostałem, jedyną bronią moją był krwotok, należało go jak najbardziej uatrakcyjnić, padając bez życia na ziemię i krwią własną się zalewając albo też słaniając się z głową pochyloną (wtedy szybciej ciekło), ze zgrozą szeptać do oprawcy:

– Jeee, przebiłeś mi tętnicę nosową, zaraz się wykrwawię, a ty zgnijesz w więzieniu...

I wtedy dopiero należało paść bez ducha. Nie żal mi było się z krwią rozstawać; myślałem, że lepiej, bym jej miał jak najmniej, to musiała być zła krew, kiedy miałem jej zbyt dużo w żyłach, pewnie buzowała i sprowadzała mnie na złą drogę, na której końcu zawsze stał stary K. z pejczem. Kiedy więc czułem, że się tej krwi zbiera zbyt dużo, dłubałem w nosie niedelikatnie i pozwalałem jej lecieć, spływać po wargach, po brodzie; uważałem, żeby nie nakapać na dywan ani nie poplamić sobie koszulki, a kiedy krwawy wąs mi już zaczynał krzepnąć, kiedy czułem, że i po szyi mi cieknie, kładłem się i wołałem mamę. Mama zaraz jezusowała, wypytywała, biegła po spongostan, mokry ręcznik i siadała przy mnie, ocierała, zmieniała tampony, aż przeszło; to było całkiem przyjemne, czuć, jak się oczyszczam ze złej krwi, i widzieć, że matka się wzrusza nade mną, a nawet widzieć, że jak gdyby się wzruszał stary K. Przychodził do domu i pytał:

– Co, znowu mu leci?

Pochylał się nade mną z uwagą.

– Leż, nawet jak ci już przestało, to leż.

Zalecał matce:

– Trzeba w końcu z jakimś lekarzem to załatwić, nie może tak być z tym nosem.

A potem przychodziła ciotka, siostra starego K., i kiedy już rodziców nie było w pokoju, mrugała porozumiewawczo i pytała:

– Dłubałeś znów w nosie, przyznaj się?

A potem, podobnie jak to miał w zwyczaju jej brat, sięgała po przysłowia:

– Pamiętaj: palec nie górnik, nos nie kopalnia

albo

– Nie dłub w nosie, boś nie prosię.

Musieli mieć te przysłowia we krwi...

Kiedy zaś stary K. wzruszył się na dobre (a na dobre zazwyczaj wzruszał się zupełnie bez przyczyny, w każdym razie mnie nic wtedy nie dolegało, po prostu zdarzało mu się popadać w zadumę), przychodził ze łzami w oczach i przytulał nas bez słowa, matkę, potem mnie, milczał i ściskał, aż zaczynało mi brakować tchu, mówiłem mu: „Tata, nie tak mocno", i wtedy się zawstydzał, puszczał i schodził na dół do swojej pracowni; wracał dopiero, kiedy już spaliśmy. Podobne stany zdarzały mu się również przed wyjazdem: stary K. wyjeżdżał nieregularnie, acz dość często w plener, rzadko zaś, ale dość regularnie wzywany był na poligon, jako porucznik rezerwy. Stary K. ubolewał nad moją słabością fizyczną, kiedy wracałem z podwórka posiniaczony lub też naznaczony nosem marnotrawnym, zżymał się:

– Co, znowuś się dał pobić? Synek, synek, twój ojciec jest oficerem, ma pod sobą batalion, a tyś jest oferma batalionowa.

Kiedy więc wzruszony stary K. jechał na poligon, wiedziałem, że po powrocie będzie mi chciał sprawić przyjemność, wystarczy, że witając go, zapytam:

– A co mi przywiozłeś?

– No jak to, to ty nie pytasz ojca, jak się czuje, co przeżył, tylko czy ci coś przywiózł?

Ale to było tylko przekomarzanie, gdybym nie zapytał, czekałby, aż to zrobię, pytałem więc od razu, żeby usłyszeć:

– No pewnie, że ci przywiozłem, ale za karę, żeś tak bezczelnie o to zapytał, nie dostaniesz tego, póki nie zasłużysz.

Chodziło mu o to, żebym „był grzeczny" przez dłuższy czas, musiałem więc podlizywać się tak umiejętnie, żebyśmy tylko my dwaj wiedzieli, że to podlizywanie; nie mogłem przedobrzyć, zwłaszcza przed gośćmi, goście bezwiednie stawali się jurorami mojej grzeczności, jeśli żegnając się z rodzicami w przedpokoju, chwalili mnie:

– Ten wasz mały jakoś tak wydoroślał w zachowaniu, taki zrównoważony, nie to co nasz

to była to najwyższa nota, wtedy zadowolony stary K. mówił:

– No no, powoli zaczynasz zasługiwać na prezent, na razie zasłużyłeś na to, żeby się dowiedzieć, co ci przywiozłem, otóż wiedz, młodzieńcze, że ojciec przywiózł ci z poligonu prawdziwe petardy...

Teraz należało wyrazić zachwyt:

– Hura! Petardy!

ale nie przesadzać ze spontanicznością, nie wykonywać zbyt gwałtownych podskoków ani też innych, broń Boże, nieskoordynowanych ruchów; stary K. nie znosił braku koordynacji, postanowił nauczyć mnie prawidłowej, dostojnej postawy, powtarzał mi, żebym zawsze pamiętał o spokoju i wyprężeniu, w skrócie „spo-wypr", kiedy więc zdradzałem się ze zbytnią radością lub też zbytnio się zdradzałem z radością, marszczył brew i przypominał:

– Co ja powtarzam ciągle, czyżbyś zapomniał?

Uspokajałem się więc i wyprężałem, mówiłem:

– Spo-wypr.

I tak jeszcze musiałem się nosić z dostojna, snuć z poważna dzień, czasem dwa, aż wreszcie stary K. zarządzał:

– No, dziś wieczorem odpalimy petardy.

– Hurra!

– Spo-wypr natychmiast, bo wszystko odwołam!

Petardy się zbiegły akurat z adwentem, mieliśmy zbierać dobre uczynki i dorysowywać je w zeszycie do religii jako bombki na choince, byłem więc grzeczny z dwóch przyczyn: by w dobrouczynkowym rankingu zająć miejsce na podium i doczekać petard wieczornych. Tylko że moje uczynki kwalifikował stary K., przyniesienie wiadra ziemniaków z piwnicy nie było dobrym uczynkiem.

– Bo to twój obowiązek, takie rzeczy powinieneś robić w domu codziennie.

Zapytałem więc, o jakie uczynki mu chodzi; odparł:

– Noo, to muszą być uczynki bezinteresowne, ty nie możesz myśleć o nagrodzie, kiedy je czynisz, młodzieńcze; liczą się tylko takie uczynki, które się czyni z miłości na przykład do ojca-matki, a nie dla poklasku...

Och, dał mi tym do myślenia; myślałem, jak by tu nie myśleć o uczynkach, jak by tu sprawić, żeby one moją myśl wyprzedzały, żeby same się przeze mnie czyniły, a najlepiej już same wyrysowały się na choince. Poszedłem z psem na spacer przemyśleć sprawę, wypytywałem napotkane staruszki, czyby nie chciały dać się przeprowadzić przez ulicę, ofukiwały mnie jednak, raz tylko udało mi się zaskoczyć, och, piękna, zasuszona, przygarbiona wyszczebiotała skrzekliwie:

– Synuś, weź mi ino powiedz, co to tam sie poli za światło, bo jo niedowidza, jes to już zielone?

Odpowiedziałem jej, i to był uczynek dobry, bo niepoprzedzony myślą, pierwsza bombka na choince; potem pod salonem gier zaczepiło mnie kilku chacharów ze Sztajnki:

– Te, dej no dycha.

Już im brakowało do flipera, dałem im więc, wspomogłem biednych, a nawet psa powstrzymałem przed warczeniem, lecz kiedy już wyjąłem monetę ze skórzanej podkówki, kiedy już dokonałem uczynku, ten obdarzony zagadnął:

– Te, a dej no jeszcze dycha.

Dałem więc ponownie, a potem ten drugi:

– A mie nie dosz?

Dałem więc i jemu, wszystkie dychy oddałem biednym, uzbierałem kilka niezaplanowanych

uczynków pod rząd, potem jeszcze kornie przy-
jąłem podziękowanie:

– Nie mosz już dychów? To pitej do dom,
ty ciulu na ropa!!

Ich rechot, kiedy zadowoleni z siebie wcho-
dzili do salonu gier, wydał mi się niezwykle
wdzięczny, wszyscy byliśmy zadowoleni, wróciłem do domu i mogłem ze spokojnym sumieniem
dorysować bombki. Kiedy wychodziłem na religię,
stary K. obiecał, że wieczorem, kiedy wrócę z kate-
chezy, odpalimy petardy („Hura!" „Spo-wypr!!"),
poszedłem więc, krokiem ślizgowym po stward-
niałym śniegu sunąłem, uskrzydlony petardami
i uczynkami. Przed salką, zanim ksiądz przyszedł,
już sobie wszyscy sprawdzali liczbę bombek,
oglądali swoje drzewka całe zarysowane dobrymi
uczynkami i liczyli; jeśli któremuś brakowało, to
sobie dorysowywał na poczekaniu, mówiąc:

– Ach, teraz mi się przypomniało...

Cóż, widać występowałem w innej
kategorii, kiedy wróciłem do domu, zapytany
przez matkę odparłem:

– O tak, w swojej kategorii miałem
najwięcej.

Ale już mi się nie chciało gadać o uczynkach, już tylko:

– Petardy, tata, kiedy będą petardy?

– A grzeczny byłeś?

– No byłem, byłem...

– Oj coś ci nie wierzę, spytajmy mamy...

– No puśćże mu już wreszcie te petardy, chłopie!

Wyszliśmy więc na dach w noc gwiezdną, jasną od śniegu, i wyjął stary K. petardy z poligonu, petardy z poligonu (śpiewałem w duchu na melodię kołobrzeską, bo kiedyś oglądaliśmy w telewizji festiwal pieśni żołnierskiej i coś o chabrach się w uchu zalęgło), śpiewałem w duchu, kiedy stary K. dał mi potrzymać, kiedy odpalił, kiedy mi podał:

– No już rzucaj!

Rzuciłem i patrzyłem, jak leci, jak spada w ogrodzie, jak tli się i, nie syknąwszy nawet dla usprawiedliwienia, nie cmoknąwszy nawet na pożegnanie, gaśnie w milczeniu. Czekałem, patrzyłem, zapytałem starego K., czy to już wszystko, powiedział:

– Trudno, coś tu jakoś widocznie źle rzuciłeś, musiała w śniegu zgasnąć, czekaj, synek, z drugą zrobimy inaczej.

Sam odpalił, sam rzucił i sam czekał na wybuch, potem chociaż na małe puknięcie, choćby z wdzięczności za podróż z poligonu, podróż z poligonu (tak w uchu, tak w duchu), ale ponow-

119

nie wszystko odbyło się w milczeniu. Zapytałem starego K.:

— Tata, dlaczego mi przywiozłeś petardy niewybuchające?

Ale on powiedział tylko, żebyśmy wracali do domu, a potem, kiedy mama spytała, jak było, znów poszedł do swoich, piętro niżej, wzruszać się w samotności tym fatum niewypałów, które nad jego życiem miało zaciążyć już na zawsze.

Uwielbiałem chorować. Nie z tych oczywistych przyczyn, dla których chorowanie było przyjemnością leniwych uczniów, nawet nie tylko dla wspaniałego przywileju przenosin do łóżka matki, które stało w pokoju bardziej oświetlonym, okna mającym od południa – ale dla ciszy. Dla wymuszonego moją chorobą rozejmu między matką a starym K., kiedy na czas mojej anginy czy grypy ściszali głosy, mówili do siebie wzajem szeptem albo po prostu wynosili swoje kłótnie poza zasięg mojego słuchu; dla ciszy i świetlistości chorować uwielbiałem. Królewskie bywało to chorowanie: nie dość, że kołdry dzień cały nieścielonej odświętność, kołdry, w której mogłem tkwić niezależnie od pory dnia i wizyt gości, to jeszcze starego K. nieobecność lub też obecność nie tak dotkliwa jak zwykle... Kiedy byłem chory, matka odganiała ode mnie starego K. jak suka od szczeniąt, pilnowała, bym czasem nie dostał gorączki od jego uwag; stary K. był w takich wypadkach relegowany do swojej rodzinki z dołu, bo matka mawiała:

– Dziecko musi mieć czym oddychać, chłopie, mówiłam ci dawno już, my go w zawilgłej klitce trzymamy, jak tylko wyzdrowieje, przygotujemy mu ten jasny pokój.

Co oczywiście nigdy nie nastąpiło, bo kiedy wracałem do zdrowia, kończyły się moje przywileje, ale, jako żywo, uwielbiałem chorować. Choroba to był chłód stetoskopu na moim rozpalonym ciałku, to były herbaty z miodem i cytryną, to było skrobanie matczynego długopisu o papeterię, kiedy czuwała w fotelu obok. Chyba że zachorowałem pod nieobecność matki, bo jej się zdarzały nieobecności, wyjazdy rodzinne lub też sprawy kobiece, jak mi tłumaczono jej pobyty w sanatoriach, owóż, kiedy sprawy kobiece lub rodzinne oddaliły ode mnie matkę na odległość telekomunikacyjną, a mnie w ten czas akurat zdarzyło się zapaść na zdrowiu, do terapii zabierał się stary K. wespół ze swoim rodzeństwem.

– Za głupotę się w życiu płaci, za szalików-
-czapek nienoszenie, w przeciągu przebywanie, ojca-ciotki-wujka niesłuchanie – powiadał stary K., spoglądając spode łba na skalę termometru dopiero co mi spod pachy wyjętego, wykrzywiając go na wszystkie strony, jakby liczył na to, że rtęć się od tych przechyłów cofnie, że z trzydziestu ośmiu kresek zrobi się na powrót trzydzieści sześć i sześć. Potem podawał mi go raz jeszcze, mówiąc:

– Na pewno nie mierzyłeś dziesięciu minut, dziesięć pełnych minut trzeba mierzyć bez wiercenia się, bo od tego się pomiar zniekształca, musisz jeszcze domierzyć, ale widzę, synek, że znów twoje zdechlactwo daje znać o sobie i zamiast do szkoły do kościoła na religię, ty będziesz leżał w łóżku. Ale, synek, matki nie ma, a ja się nie cackam nie ciumkam się nie bawię w nianię, u mnie są stare i sprawdzone sposoby leczenia domowego, synek, chcesz leżeć, to będziesz leżał, ale pięć dni plackiem bez wstawania, chyba że do ustępu...

Potem, kiedy już domiar złego się zakończył i na termometrze nijak trzydzieści osiem kresek nie chciało odpuścić, stary K. kazał mi otworzyć usta i gardło pokazać do światła, a kiedy już spojrzał, nie trzeba mu było zwoływać nawet rodzinnego konsylium, od razu wiedział:

– No oczywiście zawalone gardło, angina oczywiście tysięczna zdechlacka, niedoleczona z ostatniego razu, bo zamiast lekarstewek pierdółek trzeba stare domowe sposoby stosować, teraz akurat mamy nie ma, więc możemy się nimi posłużyć, wyleczymy cię tak, jak mnie leczyły dziady moje, znaczy się, mój ojciec, a twój dziadek, i dziadka jego ojciec, i tak dalej. Proszę bardzo do łazienki, dostaniesz wodę z solą, gardło płukać masz na głos, tak żebym z pokoju słyszał, dopóki nie powiem, że wystarczy.

I udawałem się do łazienki, i tłumiłem odruch wymiotny, płucząc gardło ciepłą słoną breją, i płukałem długo, dłużej, niż trzeba, dłużej, niż sobie tego życzył stary K., bo wiedziałem, na jaką terapię teraz przyjdzie kolej, wiedziałem, co mnie czeka po powrocie do łóżka, i chciałem ów moment odwlec jak najdłużej. Bo jeszcze płucząc, przez uchylone drzwi łazienki widziałem starego K. przenoszącego z pokoju gościnnego na stolik przy moim łóżku gramofon i słyszałem, jak postukuje, instalując go, i jak, przebierając w płytach, nuci sobie pod nosem uwerturkę, słyszałem, jak uruchamia sprzęt i pomrukuje z zadowoleniem na pierwsze dźwięki sączące się, skwierczące, wysmażane przez starą igłę, i już słyszałem, jak woła do mnie do łazienki:

– No, dość już tego płukania, wracaj do łóżka!

Odczekiwałem do następnego razu („Ogłuchłeś tam?") albo czasem, kiedy wiedziałem, że sączy się Haydn, do trzeciego razu („No do kogo ja, do cholery, mówię, do wyra, pedziaem, marsz!") i wracałem, sunąc kapciami po parkiecie wolno, bez odrywania stóp, jak w muzeum, żeby mnie ominęło jeszcze kilka taktów, żebym się spóźnił na koncert, ile tylko się da, bo wiedziałem, że i tak mnie na niego wpuszczą, bo wiedziałem, że na tym koncercie obecność jest obowiązkowa, bo słyszałem od starego K., wchodząc do pokoju:

    – Nic tak nie pomaga w chorobie jak Haydn a potem:

    – Mój tata, a twój dziadek zawsze od tego zdrowiał. Taaaa pam, pam pam pam. I ja od tego zdrowiałem, choć po prawdzie musisz wiedzieć, synek, że ja nie chorowałem nigdy, ja zawsze byłem chłop, to znaczy, morowy chłop. Ja wiem, po kim masz to zdechlactwo, po matce oczywiście, sanatoryczce nałogowej hipochondrycznej, psiakrew. Nie chorowałem, ale byłem jeszcze zdrowszy od Haydna, to znaczy, dzięki Haydnowi...

    Mówił, poprawiając mi kołdrę, aż po podbródek owijając mnie nią szczelnie.

    – W tym domu zawsze się słuchało porządnej muzyki, nie żadnych wyjców. W tym domu się l e c z o n o muzyką. Bach, Mozart, Haydn, Beethoven, Strauss, oczywiście Johann, ten od walców. Czy ty tego nie słyszysz? Przecież już samo brzmienie tych nazwisk uzdrawia...

    Mówił, kładąc na mojej grubej kołdrze dodatkowy koc, przyklepując go, wyrównując.

– Powtórz sobie, synek, te nazwiska. One brzmią, one dudnią jak stulecia muzyki, jak przestrzenie tysiąca filharmonii, w których się grało tę muzykę... Muzykę bez skazy... Muzykę nieskazitelną... Powtórz, synek, mama cię tego nie nauczy: Hay-dnnnn! Beeee-thoveennnn!

I rzeczywiście stary K. dudnił, przyciszał nawet na chwilę muzykę, żeby podkreślić efekt swojego męskiego głosu; stary K. dudnił, ale mnie to nie uzdrawiało, z mojego schorowanego gardła dobywał się żałosny skrzek, przechodzący natychmiast w kaszel.

– Hayyy...ych ych ych...

Stary K. spoglądał na mnie z pogardą, machał ręką i tryumfalnie pogłośniał muzykę, wychodził, zostawiając drzwi otwarte i pokazując palcem na wargach, żebym słuchał tego w ciszy i skupieniu, kiwając drugim palcem, żebym się czasem nie wiercił. Na odchodnym jeszcze wypowiadał z celebrą pożegnalne słowa, gdybym nie zdawał sobie sprawy, z czym mam do czynienia:

– Muzykoterapia...

Haydn był dla mnie największą katorgą. Choć pozostali klasycy wiedeńscy odzwierciedlali mieszczańskie bezguście równie jaskrawo, stary K. szczególnie upodobał sobie Haydna. O ile

Beethovena mogłem przyjąć bez grymasu za „melancholijny liryzm kameralistyki" (tak napisano na okładce płyty); o ile u Mozarta mogłem chylić rozpalone czoło przed „dezynwolturą sonat fortepianowych" (tak stało na okładce leżącej przy gramofonie); o tyle Haydn był dla mnie wcieleniem muzycznej nudy (do tego bez okładki, w samej przykurzonej i pomarszczonej folii; widać ta nuda nawet się nie poddawała opisowi muzykologów).

– Sto cztery symfonie! Osiemdziesiąt trzy kwartety smyczkowe! Sto dziewięćdziesiąt dziewięć triów!! Potęga nieskazitelności... Czyż to nie jest potęga?! – głowił się stary K., wybierając mi stosowną płytę z Haydnoteki. A ja wówczas wyobrażałem sobie, jak sześćdziesięcioletni Franz Joseph H. drapie się pod peruką w łysinę i spoglądając bez przekonania na partyturę swojej ostatniej symfonii londyńskiej, myśli w duchu: „Chyba wreszcie mi wyszła... Za sto czwartym razem..." – ale moim zdaniem i tu się mylił. Franz Joseph H. to był muzyczny odpowiednik żurku śląskiego, tego się nie dało znieść, to trzeba było zwymiotować: ordnung, poprawność, łatwość, kandelabry, fioki, dygi, klawikordy, pudry, pończoszki, peruki, a potem bakenbardy, konfitury, porcelany, gramofony, ęteresanci poobiedni, melomani niedzielni, całe to mieszczaństewko z odwiecznymi pretensjami wyższego rzędu przez stulecia zachwycało się Haydnem, muzyką nieskazitelną.

Przeklinając w duchu wirus, który łamał mnie w kościach, a także muzykę, która łamała mi serce, czułem, że jeśli będę kiedy czegoś w muzyce szukał, to właśnie skazy.

Tak dłużej być nie może z tymi chorobami!
– orzekł stary K. i w tym byli z matką zgodni,
a nawet ku mojej udręce wszczęli środki zarad-
cze, razem, jak rzadko kiedy, wspólnie podjęli
decyzję, wrzaskiem, krzykiem, ale w zgodzie;
z nimi tak już było, że z przyzwyczajenia podnosili
głos nawet wtedy, kiedy byli zgodni, tak na
wszelki wypadek, dając sobie do zrozumienia, że
ten układ ponad podziałami nie oznacza żadnej
poufałości, żadnego trwałego rozejmu małżeńskiego:

  – Trzeba coś zrobić z tym jego zdrowiem!!
  – Toż mówię, od dawna mówię!!
  – Do sanatorium wysłać wnioski!!
  – Wnioski wysłać, i to zaraz!! Nie zwlekać!!
  – Bezzwłocznie należy wysłać podania do
sanatorium!!
  – Mówię ci, chłopie, że to jest najlepsze
wyjście, sanatorium mu załatwić!!
  – Odzdechlaczyć go w sanatorium!! Gdzie
jest papeteria?! Gdzie jest długopis?!
  – Napisać!! Wysłać!! Bo to nie tak hop-siup!!
Odczekać trzeba!!

– A i tak nie wiadomo, czy przyjmą!! Jak się pisze: „uprzejmie" czy „uprzejmnie"?!

– To ty się, chłopie, mnie pytasz?! Kto tutaj szkoły kończył?! Napisać, wysłać!! Coś zrobić dla dziecka wreszcie!!

– Odzdechlaczyć!! Tam się go na pewno uda odzdechlaczyć!! Piszę „uprzejmnie"!!

I wysłali, do wielkiego dziecięcego sanatorium, podania o przyjęcie mnie, na kilka oddziałów wysłali z nadzieją, że choć jeden wniosek przyniesie skutek: na oddział skoliotyków, na oddział astmatyków, na oddział reumatyków, na oddział laryngologiczny, ortopedyczny, neurologiczny, kardiologiczny, ortodontyczny, pod wszystko można mnie było podpiąć, wszędzie się nadawałem, pozostawało tylko czekać na odzew.

– Twoje zdechlactwo jest, że tak powiem, natury ogólnej – rozwiewał stary K. moje wątpliwości. – Nieważne, gdzie cię przyjmą, młodzieńcze, grunt to koncentracja fachowych sił medycznych na twoim zdechlactwie, oni się tam za ciebie wezmą lepiej niż mamuśka, maminsyństwo twoje skończy się raz na zawsze; powiem ci w sekrecie, że oni się tam znają na odzdechlaczaniu lepiej nawet niż twój ojciec, tam mają lepsze nawet sposoby niż nasze domowe, wiedz, synek, wrócisz stamtąd silny jak dąb i zdrowy jak rzepa. Pamiętaj, grunt to koncentracja...

– Musisz, synku, tam pojechać, bo przecież tym twoim zdrowiem to ja się zadręczę. Mnie się zawsze flaki przewracają w grobie, jak słyszę tego starego wariata, jak on przychodzi do kuchni i zaczyna gadać do mnie z tą pełną gębą, to mi się nóż w plecach otwiera, ale tym razem on ma rację, tam ci będzie lepiej, zaopiekują się tobą. Zobaczysz, te dwa miesiące miną, jak biczem zasiał, nawet nie zdążysz się stęsknić – mówiła matka na pożegnanie z poplątaniem...

No i przyszła odpowiedź, przyszło wezwanie, dwumiesięczny turnus, oddział schorzeń dróg oddechowych, jak w pysk strzelił (mówił stary K.), lepiej nie mogło trafić (mówił), i już mnie żegnali przed autokarem, i już jechałem obchodzić pierwsze w życiu Dni Bez Starego K., mające przejść w mój pierwszy w życiu Tydzień Nieobecności Starego K., mający się kontynuować w pierwszym, a zaraz potem drugim w życiu Miesiącu Bezpiecznej Odległości Od Starego K. Choć niepokoił mnie entuzjazm, z jakim stary K. moje istnienie powierzał tak zwanym fachowcom, niepokoiła mnie łatwość, z jaką zrzekał się pierwszeństwa domowych sposobów leczniczych; w tym musiał być jakiś pies pogrzebany. Ach, mój niepokój trwał niedługo, raptem dwieście kilometrów, bo zaraz po przyjeździe odkryłem całe cmentarzysko psów, jak w filmach dokumentalnych o tej strasznej Ameryce, tak, na każdym kroku przez następne tygodnie potykałem się o nagrobki psów, w łaźniach, na korytarzach, w stołówkach, w izolatkach, wszędzie tam, gdzie nas, nieletnich kuracjuszy, by tak rzec, koncentrowano, by leczyć ze zdechlactwa hurtowo, takim samym sposobem dla wszystkich. Dostałem się na oddział schorzeń górnych dróg oddechowych, choć ściślej rzecz ujmując, był to oddział małych astmatyków, myślałem z początku, że astma to jakaś ogólna nazwa dla wszystkich angin, zapaleń gardła i innych chorób, na które nagminnie zapadałem, myślałem, że oto znalazłem się wreszcie wśród swoich, że wreszcie muszę wyglądać tak jak wszyscy, robić to co wszyscy, zasypiać i budzić się tak jak wszyscy. Jak wszyscy prosto z autobusu znalazłem się w depozycie, gdzie kazano nam się rozebrać do naga, wszystkie rzeczy osobiste schować do szafek i klucze oddać pielęgniarkom („Dostaniecie je z powrotem w dniu odjazdu"), jak wszyscy stamtąd wylądowałem w łaźni, gdzie nas pielęgniary (oj, już na samym początku zrozumieliśmy, że nie należy ich zdrabniać) dokładnie poinstruowały, jak się myć szarym mydłem i dlaczego ono jest najzdrowsze, jak wszyscy po kąpieli dostałem przydziałowy zestaw odzieży z czerwonym sweterkiem na wierzch, wszyscy pod spodem mogliśmy mieć różne podkoszulki, różne kalesraczki, różny wzór na flanelowych koszulach, ale każdy musiał mieć taki sam czerwony sweterek, tu nie mogło być różnicy, starsi kuracjusze, ci, co byli tu już któryś turnus z rzędu (to się zdarzało w tak zwanych ciężkich przypadkach, przewlekłych przypadkach, tych wymagających długotrwałej terapii), tłumaczyli nam, że w razie gdyby któryś z nas próbował ucieczki, pierwszą rzeczą, jaką powinniśmy zrobić, to pozbyć się czerwonego sweterka, wszyscy mieszkańcy tego miasteczka wiedzą, że dzieciaki w czerwonych sweterkach to uciekinierzy z sanatorium. Najstarszy kuracjusz nazywał się Szczurek, nie trzeba mu było wymyślać przezwiska, pielęgniary powiedziały, że Szczurek jest tu już ósmy miesiąc i na pewno każdy z nas będzie się chciał z nim zaprzyjaźnić; kiedy zapytałem Szczurka, dlaczego któryś z nas miałby próbować ucieczki, przecież to sanatorium, a nie więzienie, odpowiedział mi pytaniem:

– A co, ty z domu dziecka jesteś?

– Nie – odparłem zdziwiony.

– Ojca, matkę, dom masz?

– Mam.

– No to będziesz myślał o ucieczce. Masz za kim tęsknić.

Szczurek był jedynym pensjonariuszem sanatorium, który zdołał się w nim zadomowić, który celowo nie zdrowiał, całą siłę swej wcześnie dojrzałej woli poświęcając na powstrzymywanie w sobie zdrowia, po to, by jak najdłużej przebywać w lecznicy, bo Szczurek pochodził z sierocińca. I nie miał za kim tęsknić. Jak długo miał status kuracjusza, tak długo był na równych prawach z innymi dziećmi, wszyscyśmy bowiem w sanatorium byli okresowo bezdomni, wszyscyśmy byli tymczasowo osieroceni; Szczurek więc był najszczęśliwszym dzieckiem w całym tym kombinacie lecznictwa, dopóki dzieciaki z kolejnego turnusu nie wydobyły skądś wieści o jego pochodzeniu, zwykle wtedy cały jego autorytet ulegał poważnemu nadwerężeniu, bo co to za autorytet z bidula. Nim jednak wyszło szydło z worka, także i dla nas Szczurek był gigantem, bo zgodnie z jego wróżbami nie było gieroja, który by wytrzymał dłużej niż tydzień bez pierwszego płaczu za rodzicami, a Szczurek nie płakał nigdy; nie było wśród nas nikogo, kto by po kilku dniach nie błagał pielęgniar o udostępnienie telefonu, żeby do mamy-taty zadzwonić, a Szczurek nie dzwonił nigdy.

Nie zadomowiłem się w sanatorium; chciałem uciekać do domu, do matki i do starego K.; tak, tęskniłem do starego K., nawet do jego przysłów, nawet do jego metod terapeutycznych; chciałem uciekać tam, gdzie byłem swój, bo w sanatorium mimo jednolitej barwy naszych sweterków już pierwszego dnia i pierwszej nocy okazało się, że jestem bardzo bardzo nie swój, nie ich, i że z całą pewnością przez najbliższe miesiące będę się musiał mieć na baczności. Oto gdyśmy rozpakowywali swoje skromności z plecaczków, zeszyty, piórniki, amulety, resoraki i kto co tam jeszcze przemycił, na każdej z szafek poza moją w końcu lądował też podręczny aparacik oddechowy, rzecz zupełnie naturalna i niezbędna dla astmatyka, wszyscy bowiem moi towarzysze niewoli znaleźli się na oddziale celem leczenia się z napadowych duszności, żaden z nich nie był zdechlakiem natury ogólnej, jak mawiał stary K., oni mieli swoją konkretną przykrość, którą przyjechali tu zwalczyć, oni mieli swoje świsty, charkoty, bezdechy, ja zaś miałem miarowy i regularny oddech, im zmora zasiadała nocą na piersiach i wysysała z ust powietrze, ja nawet się bezsennością nie skalałem. Dla nich moje zdrowie było nietaktem, traktowali mnie więc marchewami ręcznikowymi przy kocówach, żeby wyrównać stan nocnych upokorzeń w sali, skoro mnie nie łapały duchoty, skoro nie budziłem się, by bezradnie łapać tchnienie, trzeba mi było spuszczać manto, profilaktycznie, od czasu do czasu, nie powiem, że codziennie, dokładnie wtedy, kiedy już sobie myślałem, że jako tako z moim nietaktownym zdrowiem się pogodzili, że już się ze mną z rzadka wdają w rozmowy, a nawet dopuszczają do stołu pingpongowego w świetlicy, właśnie wtedy obrywałem znowu, właśnie wtedy dystans między nami był boleśnie przywracany. Wtedy też przyłapałem się na myśli strasznej: że w całym moim tęsknieniu za domem znalazło się miejsce i dla pejcza starego K., bo kiedy on mnie bił, miałem przeciw sobie tylko jego jednego, a teraz biło mnie całe stado, miałem przeciw sobie ich wszystkich, obcych mi szczeniaków wzajem się napędzających, bo zawsze zdrowi są winni nieszczęściom chorych, bo zawsze to bogaci są sprawcami nędzy biednych, i pojąłem, że ich nienawiści nie przezwyciężę, że jest ona odwieczna i nieuleczalna – i właśnie wtedy odkryłem też sedno straszliwości mojej tęsknoty, bo zrozumiałem, że nie padłem ofiarą pomyłki, że stary K. dobrze wiedział, dokąd mnie wysyła, dlatego tak zacierał ręce z zadowolenia, w tym właśnie tkwiła tajemnica odzdechlaczania, które stary K. powierzył innym, to nie pielęgniary miały mnie odzdechlaczać, nie zabiegi, bicze wodne, spacery, lekarstwa, to stadko astmatyków miało mnie nauczyć samoobrony, miało we mnie wzbudzić nienawiść konstruktywną, miało we mnie wpoić prawa dżungli; widać stary K. uznał, że upokorzenie traci swą moc, kiedy się do niego przywyknie, kiedy nabierze regularności, zafundował mi więc nowy rodzaj przemocy, wyręczył się przemyślnie, postanowił odwrócić moją uwagę od siebie, skierować mój strach i niechęć gdzie indziej. Owóż, kiedy odkryłem i w tej mojej męce starego K., kiedy ze zgrozą pojąłem, że ten, do którego tęsknię, tak naprawdę jest tutaj ze mną, staje nad łóżkiem w nocy, zarzuca mi na głowę prześcieradło i wali skręconymi namoczonymi ręcznikami, jest w tym zdyszanym wieloręcznym tłumku, który mnie ze snu wyrywa z korzeniami, jest w każdej prędze, którą pieczętują mój ból moi rówieśnicy, kiedy o tym pomyślałem, postanowiłem uciec.

Tym chętniej, że nie miałem być sam: najszczęśliwsze dziecko w całym sanatorium właśnie gotowało się do ucieczki. Szczurek za nic miał to, że wydało się jego sieroctwo, na to był przygotowany, wiedział, że wtedy musi się wycofać, że w cieniu musi odczekać, aż jego pozycja w grupie się odbuduje, bo dzieciaki w końcu za namową pielęgniar i ten fakt ostatecznie przyjmowały za dowód na Szczurkową wielkość, niezniszczalność (nie dość, że osiem miesięcy, to jeszcze z domu dziecka, i nie płacze, nie żali się, uczy dobrze, a i wpierdol spuszcza bez pardonu, jak mu kto podpadnie, no i wie wszystko o budynku, wie nawet, jak się dostać na oddział dziewcząt w nocy, a to już była wiedza iście tajemna, bo wynikające z niej pożytki były zrozumiałe tylko dla wtajemniczonych, dla doroślaków, dla takich gigantów jak Szczurek). Dramat polegał na tym, że któregoś dnia Szczurka odwiedził gość. Odwiedziny w sanatorium same w sobie były wydarzeniem bez precedensu, regulamin wykluczał tę możliwość, bo dzieciaki ulegałyby dekoncentracji i rozklejeniu, myślałyby tylko o powrocie do domu, nie o powrocie do zdrowia. Wyłącznie w okresach świątecznych zezwalano na odwiedziny, a nawet z rzadka na przepustki, jeśli rodzice chcieli koniecznie zabrać dzieciaka do domu, ewentualnie jeszcze w sytuacjach zupełnie wyjątkowych, jak na przykład urodziny kuracjusza. Ale gość przybył do Szczurka w dzień zupełnie powszedni, tak że zwolniono go nawet z lekcji, by mógł się udać na spotkanie. Kilku astmatyków było tego dnia na oddziale (zawsze ktoś zostawał, zwłaszcza przed klasówkami, oni mieli i tę nade mną przewagę, że wystarczyło im się powołać na duszności, by mogli nie iść do szkoły, a że duchoty wzmagał stres, pielęgniarom wydawało się całkiem naturalne, że dzieci przed sprawdzianami podupadają na zdrowiu), przekradli się jakoś w okolice pokoju widzeń i wszystko rozniosło się lotem błyskawicy. Szczurka odwiedził ojciec. Dzieciaki mówiły, że wyglądał, jakby miał sto lat, i trząsł się cały, a najbardziej ręce. Mówiły, że Szczurek nigdy go nie widział i nie chciał mu wierzyć, ale ten roztelepany staruch pokazał mu dowód, w którym miał go wpisanego jako syna. Mówiły, że ten facet chciał Szczurka wziąć do siebie na święta, ale pielęgniary nie pozwoliły, bo to jest alkoholik i podobno już dawno bez praw rodzicielskich. Dzieciaki mówiły, że Szczurek w końcu zaczął beczeć i wrzeszczeć na swojego starego, cały czas to samo, w kółko: „Po coś przyjechał?! No po coś przyjechał?!" Mówiły, że potem uciekł na oddział, a ten stary tam został i jeszcze bardziej się trząsł, i nie umiał wstać, a kiedy pielęgniary mu przyszły pomóc, powiedział, że sobie poradzi, wyjął z kieszeni piersiówkę i zrobił tęgi łyk, wtedy pielęgniary na niego z ryjami: „No pić to pan tu na pewno nie będzie, proszę opuścić teren sanatorium", a on chwilkę odczekał, wstał już zupełnie o własnych siłach i tak na nie bluzgnął, że każdy z dzieciaków miał inną wersję przekleństw, zaczynały się kłócić i na tym ich relacja się kończyła. Wszyscy po powrocie ze szkoły patrzyliśmy przez szybę (bośmy nie mieli ścian między salami, tylko szyby), jak Szczurek leży i płacze w poduszkę. Nikt nie odważył się do niego odezwać przez najbliższe dni, bo nie bardzo było wiadomo, jak zacząć, Szczurek w milczeniu ogrywał wszystkich wściekle w ping-ponga i tyle z nim było kontaktu, każdy się bał, że wystarczy słowo, żeby od niego oberwać, wszyscy przeczuwali, że Szczurek tylko czeka, żeby się na kimś wyżyć, a ja wiedziałem, że muszę się spieszyć, jeśli chcę się załapać z nim na spad. Zagadałem do niego w kiblu, jedynym miejscu, do którego pielęgniary miały ograniczony dostęp.

– Chcę stąd zwiać. Pomożesz mi?

– Spierdalaj na drzewo – odpowiedział, otrzepując siusiaka z kropelek moczu nad pisuarem.

– No to cię sypnę pielęgniarom. Wiem, że chcesz zwiać. Albo uciekamy razem, albo cię sypnę i masz jak w banku, że cię wpakują do izolatki.

Nie mógł mnie pobić, bo nie umiał bić bez zostawiania śladów, zostawiłby mi limo i pielęgniary miałyby na niego oko, akurat teraz nie mógł mnie pobić, akurat teraz nie mógł się dać nikomu we znaki, bo chciał uciec, czułem to, tylko dlatego zdobyłem się na tak desperacki szantaż.

– Gnoju ty – zamachnął się, ale zatrzymał pięść przed moją twarzą. – Ty gnoju ty – to musiała być nienawiść, byłem wprost zauroczony jego spojrzeniem, to była czysta nienawiść bezradnego, nie było w jego spojrzeniu tej mieszaniny czułości i obrzydzenia, jaką widziałem w oczach starego K., Szczurek patrzył na mnie z nienawiścią sprawiedliwą, prostoduszną, bo znienacka wyrosła przed nim przeszkoda, której nie mógł się pozbyć.

– Mam pieniądze – powiedziałem. – To może się przydać, nie?

Opuścił pięść, może mi uwierzył, a może pomyślał, że obije mi mordę, jak tylko uda się nam uciec na bezpieczną odległość, co się odwlecze, to nie uciecze, jak mawiał stary K., i na to byłem gotów. Kazał mi zwinąć nazajutrz jak najwięcej kromek ze śniadania, schować po kieszeniach i być przygotowanym. Po śniadaniu mieliśmy podchody za miasteczkiem. Strzał w dziesiątkę. Szczurek zawsze wszystko wiedział wcześniej. Zerwaliśmy się przez las w stronę dworca, kazał mi kupić bilety na najbliższy pociąg dokądkolwiek, bałem się, że mi ucieknie, ale stał przy kasie spokojny, to ja się denerwowałem. Szedłem za nim krok w krok, o nic nie pytając, jedyne, czego się bałem, to że mnie zostawi, Szczurek wiedział, co robić, czułem się z nim bezpieczny. Pociąg był pełny, wszędzie siedzieli ludzie, ale on powiedział, że zaraz znajdzie dla nas miejsce. Wybrał przedział, który zajmowała dwójka dziewcząt z babskiem grubym na trzy siedzenia. Wcisnęliśmy się obok nich i wtedy Szczurek zaczął na cały głos puszczać śmierdzące bengale. Oburzone babsko najpierw cmokało, potem zwróciło uwagę, ale Szczurek wyjaśnił, że ma chorą trzustkę i lekarz zabronił mu trzymać gazy. Babsko skinęło głową ze zrozumieniem, ale na najbliższej stacji zgarnęło swoje dziewczynki; niby to wysiadając, przeniosły się do innego wagonu. Byliśmy sami. Szczurek zaczął mówić:

– Zapnij kurtkę albo zdejmij ten czerwony sweterek i schowaj, bo ci go wypierdolę przez okno. Mówiłem ci, żebyś się w tym nie pokazywał na spadzie.

Posłusznie wykonałem polecenie. Szczurek mi rozkazywał jako dowódca, którego sobie sam wybrałem, nie był samozwańcem, po raz pierwszy w życiu czerpałem pewną przyjemność z posłuszeństwa.

Wyjął kanapki, jadł i mówił z pełną buzią:

– Będą nas szukać przez policję, jako zaginionych, czy ty wiesz, w coś się wpakował? – Patrzył na mnie z grymasem, jakbym mu psuł apetyt. – Nie wiem, dokąd chcesz jechać, ale coś mi się zdaje, że w domu ci spuszczą wciry, święta nie święta, na pewno oberwiesz, co? Ja się zmywam na następnej stacji, jadę dalej na stopa, bo kobuchy niedługo dostaną o nas znać. Pożycz jeszcze trochę szmalu.

Pokręciłem głową.

– Nie. Jadę z tobą.

– Dokąd ty ze mną chcesz pojechać, maminsynku? Odwal się wreszcie ode mnie, jedź na święta do rodzinki, rozpłacz się przed mamusią, jak ci było źle w sanatorium, na pewno dostaniesz zajebiste prezenty.

– Nie. Jadę z tobą.

Machnął ręką zniecierpliwiony.

– Jebnąłbym ci, ale mi cię szkoda. Nie możesz ze mną jechać, bo ja jadę do starego na święta. Ty masz swój dom, ja mam swój, rozumiesz?

– Nawet nie wiesz, gdzie on mieszka.

– Stul pysk. Wiem, bo mi powiedział... I ty nie myśl sobie, że on jest alkoholikiem. On się tylko trzęsie... z zimna. Mój stary jest poszukiwaczem skarbów. Kiedyś spędził trzydzieści dni w starej sztolni, bo mu wysiadła latarka. Pił tylko wodę z kałuż, nic nie jadł. Znaleźli go po trzydziestu dniach, wiesz, co to jest? Mówił, że najgorszy nie był głód, tylko zimno. Jak go odratowali, cały się trząsł. Tak mu już zostało. Jak człowiek naprawdę tak bardzo, bardzo zmarznie, to już się nigdy trząść nie przestaje.

Ta naiwna historyjka dowodziła tylko, że Szczurek nie miał wprawy w roli dumnego syna, nie miał się kiedy nauczyć ściemniania o ojcu, nie znał granicy, za którą niewiarygodna, acz prawdopodobna opowieść staje się wierutną bzdurą, na samą myśl o tym, że mógłby tak pieprzyć przed chłopakami z oddziału, zrobiło mi się go żal; zrozumiałem, że Szczurek oddałby życie za najmarniejszy ludzki wywłok, gdyby się upewnił, że to jego rodzic, zrozumiałem, że właśnie z tym wywłokiem chce spędzić czas, że jedzie do swojego ojca menela, żeby z nim być na dobre i złe, żeby dać się opluwać, bić, poniewierać tylko po to, by mieć do kogo powiedzieć „tato”; zrozumiałem, że Szczurek oddałby wszystkie swoje skarby (czyli parę chińskich paletek-gąbek, którymi każdego ogrywał), żeby mieć do kogo powiedzieć choćby „Tato, nie bij!". I tu już nam nie było po drodze.

Dałem mu część moich pieniędzy za obietnicę, że wyśle mi kartkę świąteczną ze swojego prawdziwego domu. Sam dojechałem do docelowej stacji, po czym zadzwoniłem z budki do rodziców. Wiele zależało od tego, kto odbierze, ale miałem poczucie dobrego uczynku, miałem poczucie bombki, którą w dawnych czasach mógłbym sobie dorysować na choince, i wierzyłem, że Szczurek dotrze do domu, a mój telefon odbierze mama. Odebrała. Pierwszy gniew starego K. przyjęła na siebie. Zadzwoniłem ze stacji wystarczająco odległej, żeby jadąc po mnie, zdążyła go po drodze przekonać do mojej niewinności.

– Synek uciekł, bo go poniewierali, głodzili, bo wrażliwy jest, nie mógł wytrzymać tego, poza tym święta idą, i tak byśmy go do domu wzięli, trudno, nie można dziecka winić...

Stary K. wiedział swoje:

– Uciekł, bo jest zdechlakiem, ofermą, maminsynkiem. Uciekł, bo jest zakałą, ciamajdą, niezgułą. Uciekł, żeby jeszcze raz przynieść wstyd mnie i mojej rodzinie, ale to jest oczywiście twoja zasługa, więc sobie go wychowuj sama, ja nie będę się wtrącał.

A potem nawet się nie pokłócili. Nie oberwałem. Stary K. powarczał pod nosem i pogadał swoje, ale w gruncie rzeczy wyglądało to tak, jakby stęsknił się za mną. Wracałem na tylnym siedzeniu i nie wierzyłem własnym uszom, stary K. zaczął opowiadać dowcipy, matka z niedowierzaniem patrzyła to na niego, to na mnie i nerwowo śmiała się z kawałów, a ja pomyślałem, że tę podróż nocną, te światełka na pulpicie, te zanikające pod mostami piosenki z listy Niedźwiedzkiego, te nazwy miejscowości, do których stary K. wymyślał sprośne rymy, aż mama go musiała szturchać, ten swojski smród zakładów koksochemicznych za oknami, kiedy zbliżaliśmy się do rodzinnego miasta, to wszystko zapamiętam w szczegółach na całe życie. Wyglądało na to, że byliśmy sobie potrzebni. Zawiniłem i nie spotkała mnie kara ani żaden wyrok w zawieszeniu; po raz pierwszy w życiu byłem tak zdezorientowany siłą przebaczenia.

Po Nowym Roku listonosz przyniósł wniosek z oddziału dla skoliotyków, gdzie turnusy były półroczne, ale matka nawet nie pokazała go staremu K.

Dostałem też spóźniony list świąteczny od Szczurka. Z sierocińca. Dotarł wtedy na miejsce, ale ojciec był zbyt pijany, żeby go poznać.

Stary K. wymyślił tak zwany sygnał rodowy, po to, żeby nie musieć się nawoływać w tłumie (jak mawiał), bo przecież imiona się powtarzają, jakoś się trzeba odróżnić, a po nazwisku nie wypada, po co zaraz wszyscy mają wiedzieć, o kogo chodzi (jak mawiał). Stary K. wymyślił więc sygnał rodowy, niejako zakładając, że będzie miał wiele okazji ku temu, żeby przywoływać swoją żonę i dziecko do siebie; musiał zakładać, że żona i dziecko mogą popaść w tendencję do gubienia się, znikania z oczu, wymykania spod kontroli; stary K. wymyślił sygnał rodowy, na który można było zareagować natychmiast, chyba żeby się udało, że się nie słyszy; sygnał wywoławczy, na który n a l e ż a ł o zareagować natychmiast, albowiem stary K. nie lubił gwizdać po próżnicy. O tak – sygnał rodowy starego K. był bowiem gwizdany, prosta melodyjka, jeden takcik, tirararatira, i już się wiedziało: ach, ktoś gwiżdże, trzeba wyjrzeć, pokazać się; stary K. wymyślił, a pozostali się nauczyli, i tak już na zawsze w t y m domu gwizdano na siebie. Z czasem się okazało, że to bardzo ułatwia wzajemne kontakty między piętrami; brat i siostra starego K. nie musieli dzięki temu używać imion naszych, nie musieli zdobywać się na tę, było nie było, poufałość bycia po imieniu, byli więc z moją matką po gwiździe. Sygnał był również pomocny staremu K. i mojej matce po atakach wścieklicy, podczas dni milczących: stary K., nie przestając stołować się u swojej żony, oczekiwał w mieszkaniu rodzeństwa na znak z góry, na p r z y w o-ł a n i e na obiad, bo póki matce nie przeszło, póty gwizdała; a kiedy następował dzień, w którym wołała go na obiad po imieniu, leciał do budki po kwiatki, bo wiedział, że teraz już poskutkują, i przynosił, i zaczynało się:

– Najmojejsza ukochanka żonkowa była obrażona, ale teraz jest dobra żona, już się odraziła, no już, no już...

Zawieszenie broni zwykle trwało parę dni, z rzadka nieco dłużej, góra – tydzień, ale wtedy matka była ożywiona w tę dobrą stronę, zdobywała się na opowiadanie kawałów, bezlitośnie zarzynanych, przez co jeszcze śmieszniejszych; ba, zaskoczona nadmiarem radości, której nijak sama nie mogła pomieścić, starała się dzielić nią, z kim popadnie, także ze mną. Owóż matka, chcąc sprawić mi przyjemność, robiła mi prezenty, lecz radość szła u niej w parze z roztargnieniem, dlatego zdarzało się jej niepokojąco często dawać mi w prezencie śmierć.

Bo zimą, machając torebką, sunąc sprężyście główną arterią miasta, w radości, bo mąż, bo dobrze już, bo dobrze by było uznać, że już dobrze, matka kupowała beztrosko to i owo, na ludzi spoglądała, dziwiąc się, czemu tacy przyprószeni, tacy niemrawi, a kiedy przechodziła obok sklepu akwarystycznego, przypominało jej się, ach syn, ach rybki, nabywała więc w pośpiechu „kilka jakichś nie za drogich". Sprzedawca odławiał dwie parki żałobniczek i pytał:

– A ma je pani w czym zabrać?

Nie miała, więc wlewał żałobniczki do woreczka foliowego, wiązał i dawał matce; i szła jeszcze sobie po mieście zimową porą, i zakupy czyniła spożywczo-odzieżowo-radosne, a kiedy wracała, słyszałem ten stukot ucieszny na schodach, ten energiczny rytm obcasów i szelest siatek, i pies pod drzwiami też słyszał i piszczał, i otwierałem; puszczaliśmy się w dół siatki odebrać, wwąchiwać, wglądać, a stary K. otwierał drzwi swojej pracowni i też chciał wiedzieć, cóż tym razem przyniosły te zakupy radosne, cóż udało się bez kolejki (bo w kolejkach stało się na co dzień, nie w dni tej właśnie uciechy niezwykłej, odświętnej, pogodzeniowej), i już wszyscyśmy rzucali się do siatek i wyjmowali wszystko, jakby się nam zdarzyło napaść Świętego Mikołaja, a matka dostawała od tego ataku śmiechu, zanosiła się nim do łez; stary K., widząc to, zaczynał ją łaskotać wąsem, podgryzać, robić malinki, na co się nagle obruszała:

– Co robisz, idioto?!

I już coś tam zgrzytało wstępnie; ale ja wtedy przyglądałem się żałobniczkom zupełnie pobladłym, lewitującym bezwładnie w woreczku; wlewałem je do akwarium i patrzyłem, jak opadają na dno, jak inne rybki przyglądają się ze zdziwieniem, kto wpuścił na ich terytorium tę padlinę. Żałobniczki bowiem nie były zbyt odporne na mróz, sam entuzjazm mojej matki nie wystarczał, by je rozgrzać; od sklepu do sklepu patrzyły na świat z chybotliwego woreczka coraz mętniej, ich ciemne płetwy zaczynały blaknąć, i choć – kto je tam wie – może domyślały się, że są radosnym prezentem i muszą wytrwać ten etap przejściowy, choć może – któż to wie – przeczuwały, że czeka na nie cieplutkie akwarium pełne roślinek i towarzyskich gupików, z tą wizją w swych rybich mózgach zamarzały w drodze do domu, a ja mogłem im tylko urządzić marynarski pogrzeb w toalecie. Matka przypominała sobie o mnie:

– Ojej, a ja ci kupiłam rybki, gdzie one są, zostawiłam w sklepie?

Uspokajałem ją:

– Nie nie, już je znalazłem, już pływają, zobacz.

I patrzyła w akwarium, nie odróżniając gatunków, wpatrywała się, wsłuchiwała w cichy bulgot filtrowanego powietrza, przynosiła sobie zydelek i zasiadała na dobre, mówiąc:

– Ja na trochę siądę przy tych rybkach, żeby się pouspokajać.

Już wtedy wiedziałem, że kiedyś w przyszłości czarnej i nieuniknionej, kiedy matka umrze, mordercze będą dla mnie wspomnienia takich jej nieudaczności, takich gaf niewinnych. Dopiero nad grobami okazuje się, żeśmy kochali rodziców za niespełnienia, za to, co się nam wspólnie nie udało, ich gafy wystają z grobu najrzewniej i nie dają się wepchnąć do środka. Ech, dopiero nad grobami okazuje się.

Wierzyłem im w Boga. Uwierzyłem im tak naprawdę pewnie wtedy, kiedy dostałem zegarek, dwa Nowe Testamenty, żółtego moskwicza na baterie bez baterii (najbiedniejsza gałąź rodziny zawsze umiała mnie bezgranicznie wzruszać swoimi prezentami) i rower składany, efekt zjednoczonych sił matki, starego K. i jego brata starego kawalera, który miał znajomości przydatne, jeśli nie niezbędne przy zakupach sprzętów lokomocyjnych. Dostałem to wszystko, bo miałem odtąd w pełni święcić dni święte, winy zanosić do hurtowni win i wychodzić z niej po rozgrzeszającym puknięciu w ściankę, a potem zjadać cienki plasterek boskiego ciała (z tym zawsze miałem kłopot; kiedy pytałem o kanibaliczny wymiar komunii, odpowiadali, żebym nie gadał głupstw, jak dorosnę, to zrozumiem; kiedy pytałem, dlaczego więc już teraz muszę robić coś, czego nie rozumiem, odpowiadali: ciekawość to pierwszy stopień do piekła; kiedy pytałem, jakim olbrzymem musiał być Jezus Chrystus, że przez tyle lat jeszcze starcza jego ciała dla milionów ludzi na całym świecie, odpowiadali: nie męcz, idź się pomódl lepiej, bo bluźnisz) i być świętym do pierwszego grzechu, a przede wszystkim i nade wszystko (jak powiadał stary K.) miałem odtąd już obowiązkowo i bezwarunkowo być posłusznym.

– Pamiętaj, synek, pierwsza komunia to jest taki dzień, od którego począwszy, sam już odpowiadasz za swoje grzechy, teraz już twój anioł stróż się za ciebie nie będzie wstawiał u pana Boga, teraz będziesz się musiał ze wszystkiego spowiadać osobiście. Pamiętaj, synek, od dzisiaj Bóg na ciebie patrzy w dzień i w nocy i widzi wszystkie twoje złe zachowania, nawet to, czego ja nie widzę i za co nie zdążę cię w porę ukarać. Kara Boża jest tysiąckroć straszliwsza od moich klapsów, więc musisz, synek, zawsze bardzo skrupulatnie przed każdą spowiedzią wykonać rachunek sumienia i listę grzechów sporządzić, żebyś czasem o jakimś nie zapomniał. Ty zapomnisz, ale Bóg ci twój grzech przypomni na sądzie ostatecznym albo i znacznie wcześniej, za życia, kiedy się kary nie będziesz spodziewał, pamiętaj, synek, Bóg ci nie odpowie na pytanie: „Za co?"

I zanim mnie ucałował (tak, u-całował, tego dnia wszystko musiało mieć swój święty wymiar, wszyscy, zamiast mnie przytulić i pocałować w policzki albo też obcałować spontanicznie, urodzinowo, u-całowywali mnie) i pobłogosławił, wymamrotał jeszcze gorącym szeptem stosowne przysłowie, kłując mnie w ucho wąsem:

– Jest taki święty Idzi, co wszystkie grzechy widzi...

Najbardziej rozanielona tego dnia była siostra starego K., niemal pozowała na świętą Teresę, kiedy spoglądała na moje paradne ubranko, na gromnicę w moim ręku, na to, jak przystępuję do stada baranków prowadzonych na zbawienie, przewracała oczami z rozkoszy; mógłbym przysiąc, że to były najszczęśliwsze chwile w jej życiu, wszystkie te, które wiązały się z przedkościelnym tłumem; czy to podczas mojego chrztu, czy komunii świętej, czy przy bierzmowaniu widziałem to bezgraniczne zadowolenie na jej twarzy, kiedy mnie przytulała i powierzała Maryi, czułem wprost, jak rezonuje niby kocica; widziałem, jak jej drżały powieki, jak mrużyła oczy, kiedy ksiądz w ogłoszeniach duszpasterskich wymieniał jej nazwisko, dziękując za pomoc w pracach parafialnych, wyobrażałem sobie, co się z nią działo podczas pielgrzymek papieskich, co się w niej wyprawiało, kiedy wepchana między ciżbę wiernych a barierki ochronne przez chwilę znalazła się tuż przed papamobilem, przez chwilę napotkała Jego

Wzrok, Jego Spojrzenie, i poczuła, że w tym właśnie momencie jest jedną jedyną na świecie osobą, na którą patrzy papież; wyobrażałem sobie te wszystkie słodkie omdlenia i pojmowałem w mig źródła jej staropanieństwa: cioteczka była świecką zakonnicą, przeoryszą jednoosobowego zakonu pod wezwaniem świętej Samo--tkliwości, to było pewne jak ciarki w pacierzu, jak grzechy płonące w stosie pacierzowym, jak mmmmodlitewne sploty palczaste, jak szeptane w konfesjonale wyznania pokus; siostra starego K. miała oczy podbite od litanii i serce podbite przez widma wiary, nadziei i miłości.

Uwierzyłem im w Boga, nie na długo, ale uwierzyłem im. Wierzyłem mimo chacharów ze Sztajnki, których zdumiony zobaczyłem w szatkach ministrantów (a potem zakradłem się na Cmentarną sprawdzić, czy czasem nie stali się święci, czy czasem nie przelękli się ostatecznie świętego Idziego; miałem szczęście, nie zauważyli mnie, zbyt byli pochłonięci rzucaniem winniczków w tarczę, wyrysowaną na ścianie domu kradzioną w szkole kredą, dwóch z nich przytrzymywało rozpłakane dziewczynki, które musieli przyłapać za murem cmentarnym na zbieraniu ślimaków, dziewczynki zerwały wielki liść łopianu i zakładały na nim kolonię winniczków, a oni odczekali, aż się wypełni arsenał, żeby mieć czym rzucać, a potem złapali je i urządzili zawody strzeleckie; a więc nic się nie zmieniło, a więc można było być chacharem i ministrantem, na tym polegało boskie miłosierdzie).

Wierzyłem mimo starego K., który na mszy podawał mi dłoń na znak pokoju, a po powrocie do domu wymierzał karę zaległą, przed obiadem, żebym miał dobry apetyt; kiedy zaś uciekając, kryjąc się za stołem, przewracając krzesła, powoływałem się na tę kościelną zgodę, odpowiadał:

– Wszystko się zgadza, synek, między nami jest pokój, przecież jestem twoim ojcem, ja nie toczę z tobą wojny, ja cię po prostu wychowuję, chodź tu, no gdzie, gnoju, uciekasz, czekej no, oooo, i co teraz, i co teraz? Wiesz za co? – (Cios, *da capo al fine*.)

Wierzyłem im, mimo że nie potrafili przestać się nienawidzić ani nie umieli się rozstać. Tysiąc razy odchodzili od siebie w groźbach, ale w gruncie rzeczy byli od siebie uzależnieni, w gruncie rzeczy nie potrafili się od siebie oddalić na krok. Nazywałem to brzydko grą w odchody. Matka zawsze powtarzała, że się nie rozwodzą z mojego powodu, żeby mi zaoszczędzić przykrości, a stary K. uparcie twierdził, że:

– W Kościele nie ma rozwodów, trudno. Jak się raz Bogu coś przyrzekło, trzeba wytrzymać, trudno.

Przestałem im wierzyć dopiero po mojej ostatniej spowiedzi, już późno, już w wieku natłoku pytań cielesnych i umysłowych, wieku autoerotycznych zniewoleń.

– Ojcze, zgrzeszyłem... – wyszeptałem i głos mi zawisł na kratkach konfesjonału, liczyłem, że to wystarczy, miałem nadzieję, że wystarczy mi spojrzeć w oczy proboszcza, żeby znaleźć w nich zrozumienie dla udręk mojego sumienia, głos mi się uczepił kratek konfesjonału, a wzrok szukał oczu spowiednika; znalazł je, ale w nich niczego nie znalazł.

– No... – zapytał proboszcz, a potem jeszcze raz: – No? – i jeszcze: – No!

Milczałem, a on zaczął gadać:

– Jeśli masz na sumieniu grzechy, których się wstydzisz, to dobrze, to jest integralny element sakramentu pokuty. Wstyd poprzedza żal za grzechy. Ale musisz je wyznać, synu, żeby zostały odpuszczone. Pomogę ci. Chodzi o brudne myśli? O dziewczynach? O czyny nieczyste? Grzeszne własnego ciała traktowanie? Ukradkiem? Z myślami połączone? Nieczystymi? Od jak dawna ci się to przytrafia? A gdzie to robisz? W domowej ubikacji czy też może w szkole, podczas przerwy? Kiedy? Gdzie?

Zapluł się, widziałem, jak ociera ślinę i kontynuuje:

– A wspomagasz się w plugawych wyobrażeniach wizerunkami? No, brzydkie obrazki czy oglądasz? Czy masz kogoś konkretnego na myśli nieczystej? Musisz wszystko powiedzieć dokładnie, to jest bardzo ważne, twój wstyd cię oczyści, opowiadaj – jak często to robisz? Czy zdarza ci się to w pokoju, w którym wiszą na ścianach święte podobizny? Czy wolisz w dzień, czy w nocy? A we śnie też ci się zdarza?...

Znowu się wytarł w stułę.

– No?! No mówże!

– Ojcze, zgrzeszyłem – powiedziałem. Wstałem. Poszedłem sobie. Bez przeżegnania. I nigdy już nikogo nie nazwałem ojcem.

Kiedy mnie pytali chłopaki z podwórka, czemu ciotka i wujek dzieci nie mają, czemu nigdy razem nie pokazują się, czemu obrączek nie noszą, musiałem tłumaczyć zgodnie z prawdą:

– Bo to nie jest małżeństwo, tylko rodzeństwo. Mieszkają razem, bo się nie mieli do kogo wyprowadzić.

Chłopcy nie zwykli dawać za wygraną:

– He he, kto ci taki kit wciska, na pewno się dupcą, tylko starzy przed tobą ściemniają, bo za to się idzie do więzienia. Jak się brat z siostrą dupcy, to się rodzą potwory, mechagodzille.

Trzeba mi było sprawdzić, kim tak naprawdę są dla siebie siostra i brat starego K. Mieszkali na swoim piętrze, pod nami, razem; nigdy nie dociekałem, czy to nienaturalna sytuacja, ciotka to była ciotka, wujek to był wujek, ona stara panna, on stary kawaler, ona przeorysza jednoosobowego zakonu, on... no właśnie, długo nie mogłem go rozgryźć; naczelną cechą charakteryzującą brata starego K. była odziedziczona po ojcu niezauważalność. Bywało, że kiedy poszedłem po mleko albo miód dla matki („Idź no do ciotki, na pewno ma świeże, a mnie się dzisiaj nie chciało wstawać do sklepu"), kiedy czekałem, aż ciotka wygrzebie co trzeba z kredensu albo lodówki, stawałem w drzwiach na oścież otwartych i spozierałem na opustoszały pokój brata starego K., na wietrzącą się w przeciągu pościel, kopie renesansowych sztychów na ścianach, stołowy biedermeier, zapadłe fotele, aż nagle w tej pustce coś się poruszało, to on niespodziewanie przestawał być przezroczysty, właśnie się stawał, w moich oczach, przekładając nogę na drugie kolano, wydmuchując dym z papierosa; można by rzec, że po dymie go poznawałem, że dym był bardziej wyraźny od niego, zauważałem go więc i pytałem (zawsze brzmiało to wbrew mym intencjom jak wyrzut):

– To ty tu jesteś?

A on nawet wtedy nie znajdował w sobie dość pewności, żeby swoje istnienie potwierdzić, przejmował ode mnie zapytanie, sam je sobie zadawał w duchu: „Czy ja tu jestem?", zaciągał się dymem, jeszcze głębiej zapadał w fotel i myślał, a kiedy już na powrót mi przezroczyściał, kiedy znów zapomniałem o nim i już cofnąć się miałem z progu, bo ciotka nadchodziła miodem i mlekiem słynąca, brat starego K. z opóźnieniem odpowiadał mi jednak na głos:

– Dobre pytanie...

Brat starego K. był jedynym mieszkańcem t e g o domu, który niezawodnie wprawiał mnie w dobry humor, nawet, a może zwłaszcza wtedy, kiedy usiłował mi grozić; był najbardziej niegroźnym mężczyzną, jakiego znałem, być może dlatego nigdy nie znalazł kobiety, która by mogła się przy nim poczuć bezpiecznie, nie można się czuć bezpiecznie przy kimś definitywnie niegroźnym i niezauważalnym. Brat starego K. miał nieszczęśliwą przypadłość wymowy, jego „u" zawsze brzmiało jak „y", kiedy więc kiwał na mnie palcem, słyszałem z jego ust coś w rodzaju: „Yważaj, bo dostaniesz w pypę", oczywiście przedrzeźniałem go, a on tylko machał ręką i na powrót pogrążał się w sobie; właśnie z powodu tej niemęskiej dykcji mówił cicho, jakby się wstydząc, że ktoś pomyśli o nim jak o homoseksualiście, a przecież brat starego K. marzył o kobietach. Mówił cicho i niemęsko, kiedy się odzywał przy stole, nikt tego nie zauważał, a on się nauczył nie zrażać tym, że nikt na niego nie zwraca uwagi, to było najgorsze, bo brat starego K. nawet mówiąc całkiem do rzeczy, nawet wygłaszając błyskotliwe komentarze, był brany za dziwaka, który bełkocze coś do siebie pod nosem. Brat starego K. stawał się tym bardziej cichy i niemęski, im bardziej chciał zaistnieć w towarzystwie, zdarzało się, że rozmowa schodziła na jego temat i nikt nawet nie patrzył w jego stronę, mówiono o nim jak o nieobecnym, zawsze i wszędzie nieobecnym, a brat starego K. kurczył się od tego, kulił w sobie, cały się mieścił w lampce czerwonego wina albo kuflu piwa i pływał w nim tak długo, póki dźwięk szurających krzeseł nie uprzytomnił mu, że impreza się skończyła, trzeba wracać do domu. Brat starego K. obiecywał sobie, że zrobi w życiu coś na tyle wielkiego, by stać się choćby niepozornym, już nie niezauważalnym, ale niepozornym, by z czasem awansować do stopnia cichej wody, a potem ścichapęka, ale na obietnicach się kończyło: kiedy pomyślał o karierze pianisty, natychmiast widział siebie jako człowieka-pianolę, wybryk natury, którego kobiety będą w najlepszym wypadku słuchać z zamkniętymi oczyma; kiedy pomyślał o karierze literata, przypominał mu się Cyrano de Bergerac, wyobrażał sobie, jak siedzi samotnie w parku i widzi na sąsiedniej ławce męskiego mężczyznę, który uwodzi kobiecą kobietę jego erotykami; kiedy pomyślał o karierze malarza, nabierał przekonania, że wszyscy miłośnicy jego twórczości zawsze będą go mylić z bratem, to brat będzie im otwierał drzwi i zbierał za niego laury.

W tym domu było miejsce tylko dla jednego Prawdziwego Mężczyzny i stary K. wypełniał je bez reszty. Siostra tymczasem bacznie pilnowała, by się młodszemu bratu nie przydarzyło czasem zboczyć na złą drogę, kiedy tylko słyszała w słuchawce głos kobiecy, mówiła, że brata nie ma i żeby nie dzwonić, a jeśli tylko zdarzyło się bratu nie wrócić na noc, przemodlała całe godziny za czystość jego duszy i ciała, rano zaś, przygryzając wargi i wzdychając na tyle głośno, by nie mógł jej nie słyszeć, gdziekolwiek by się zaszył, zasiewała w nim wyrzuty sumienia, aż w końcu pytała między westchnieniami:

– Dlaczego ty się nie szanujesz? Dlaczego nie żyjesz jak człowiek?

On tylko machał ręką, zamykał się i kurczył jeszcze bardziej, zwłaszcza kiedy porozumienie rodzinne tymczasem nastąpiło i nadchodził także stary K., dodający swoje trzy grosze:

– Słuchaj no, ty sobie nie myśl, że jak masz trzydzieści pięć lat, to już jesteś dorosły i ci wszystko wolno, co to za do domu niewracanie, co to za nieszanowanie się nieliczenie z siostrą--bratem? Ja nie pozwolę, żebyś mi do domu jakiś wirus przyniósł, bo to pewnie na jakieś ulicznice zbaczasz, zboczeńcze ty, ja brudu do domu mojego wnosić nie pozwolę! Bo to mój dom jest tak samo jak twój, a nawet bardziej, bo ja odpowiedzialny jestem, za rodzinę dziecko żonę odpowiadam, a ty jesteś nie wiadomo w ogóle co! Wstyd takiego brata mieć! A jak się nie podoba, to won z domu wyprowadzić się do dziwek na ulicę na dworzec! I żebym cię w kościele nie widział; jeśli będziesz miał czelność się na mszy pojawić, lepiej siedź za mną! Bo jak cię zobaczę, to księdzu przerwę, na ambonę wejdę i powiem, że póki grzesznik brudas niewracacz do domu stary cudzołożnik tani dziwkarz w kościele siedzi, to jest świętokradztwo i msza trwać nie może!

Brat starego K. milczał, nawet mu schlebiały te podejrzenia, póki go podejrzewali o niecną nocną aktywność, póty był jeszcze wystarczająco męski, żeby się w życiu spełnienia w kobiecie doczekać, tak sobie to tłumaczył i milczał; jeśli na noc nie wracał, to tylko z powodu upicia się i zasiedzenia u starego kolegi, ale nigdy nie wdawał się w tłumaczenia, nie dowodził niewinności, ta gra pozorów była mu nawet miła. Aż się przytrafiło, w trzydziestym siódmym roku życia brat starego K. powiedział na urodzinach kolegi dowcip, który usłyszała kobieca kobieta, no może nie aż tak ewidentnie na pierwszy rzut oka kobieca, no może nie aż tak jednoznacznie idealnie kobieca, ale usłyszała, zauważyła, zaśmiała się, a brat starego K., uszom i oczom nie wierząc, chciał tę chwilę utrwalić na jak najdłużej, sięgnął więc po następny dowcip i następny, i jeszcze jeden, i każdy z nich wzbudzał coraz większą wesołość kobiecej kobiety, aż za którymś dowcipem rozweselona do utraty tchu złapała go za rękę, jakby chciała się na niej wesprzeć, dzięki niej utrzymać równowagę, i nagle wszyscy przy stole umilkli i z uśmieszkami na ustach zauważyli brata starego K. i kobiecą kobietę za rękę go trzymającą, i ktoś wpadł na pomysł, powiedział, a reszta podchwyciła: „Odprowadź ją do domu, ha ha, najlepiej będzie, jak ją odprowadzisz do domu", i brat starego K. poczuł się, jakby już przy stole weselnym siedział wśród gości wołających „gorzko gorzko", i chwilę potem już pomagał kobiecie kobiecej trafiać do rękawów płaszcza, już po schodach zejść pomagał, już na taksówkę machał. Ale w taksówce kobieta zasnęła całkiem po kobiecemu, z głową opadłą na jego ramię, i kiedy kierowca zapytał, dokąd wieźć, brat starego K. nie śmiał kobiecego snu zakłócać, o adres pytać, kazał więc wieźć do t e g o domu. I póki spała, na rękach ją wyniósł z samochodu, wniósł śpiącą wciąż do t e g o domu, złożył u wejścia do piwniczki i poszedł na piętro. Siostra, widząc, że brat sam wraca o porze nie tej z najnieprzyzwoitszych, mogła już zdjąć szlafpalto i w spokoju oddać się wieczornym modłom w swoim pokoiku, a wtedy brat, zamarkowawszy uprzednio drzwi zamknięcie, puścił się w skarpetkach samych (żeby było bezszelestnie) do piwniczki, wciąż nieprzytomną w snu objęciach kobiecą kobietę w swoje objęcia jawne ujął i wbiegł z nią po dwa stopnie niesiony pożądaniem z powrotem na pięterko, do swojego pokoiku, do łóżka ją złożył i usiadł opodal w fotelu, dysząc z przejęcia. Klucz w drzwiach przekręcił i już miał zabierać się do zdejmowania kobiecych czółenek ze stóp kobiecych, kiedy na ów szczęk klucza siostra zaniepokojona (bo nie zwykł był się zamykać) przerwała modły i przyszła pod drzwi nasłuchiwać, pukać, pytać:

– Jesteś tam? – (za klamkę łapać, szarpać) – No co się zamykasz? Dlaczego się zamykasz? – (pukać pięścią całą, klamkę szarpać).

Brat starego K., rażony gonitwą myśli, tymczasem zagrał na zwłokę:

– Tak mi się zamknęło aytomatycznie niechcący bezmyślnie...

– Co ty wygadujesz? Nigdy ci się nie zamyka! Co tam robisz? Co tam się dzieje z tobą? Otwieraj, bo zaraz brata z góry zawołam!

I od gadania, pukania kobieca kobieta przebudzać się zaczęła, wiercić w łóżku bezradnie, na mapie się odnajdywać, aż brat starego K. wszystko na jedną kartę postawił (z lufą przy skroni dobywają się z człowieka zamrożone pokłady asertywności), brat starego K. rozbudzonej kobiecie kobiecej usta ręką zakrył, zdobył się na najbardziej porozumiewawcze spojrzenie swojego życia i pokazał ręką szafę. Kobieca kobieta sprawnie pokonała dystans między „gdzie ja jestem?" a garderobianą konspiracją, skinęła głową na znak gotowości i pozwoliła ulokować się między brudnoszarymi marynarami, krawatami i spodniami przykrótkimi kotłującymi się, dała się zamknąć w szafie, ledwo powstrzymując śmiech podchmielony kobiecy, bo jej się sytuacja zdała tak bezgranicznie zabawna, że grę podjąć postanowiła. Brat starego K. wpuścił do pokoju siostrę, która natychmiast zaczęła obwąchiwać, penetrować wszystkie kąty, łypać groźnie.

– Czyś ty zwariował? Po co się na klucz zamykasz? Ja ci go zabiorę, żeby cię nie kusiło...

Tu się brat starego K. na fali rozmrożonej asertywności na akt oporu zdobył i rzekł z całą stanowczością:

– Hola! Hola, hola! Ja mam trzydzieści siedem lat i mam do klycza swojego prawo! Mam chyba cholerne prawo sam się ze sobą w pokoju swoim zamykać, kiedy chcę! Chyba tego sobyr watykański nie zabrania, do cholery jasnej!! Od dzisiaj będę drzwi zamykał, kiedy zechcę, a choćbym i w ogyle ich nie otwierał, choćbym w ogyle już z pokojy nie wychodził, przez balkon choćbym skakał, prawo mam!! W moim wieku mam prawo do klycza, do szczęky klycza w drzwiach, do klycza, kluycza, do KLUCZA!!!

A kiedy udało mu się wymówić poprawnie **u**, siostra pojęła, że nic nie wskóra, że oto wola wstąpiła w brata silniejsza niż jej modły i lepiej wycofać się, nie drażnić, bo kto wie, co w nim siedzi, wierci się, wyskoczyć z duszy próbuje, odeszła więc przestraszona do pokoju swego nie spać noc całą, czuwać w poście w ofierze, w intencji za duszę braterską przez demony nękaną. Brat starego K. tak się przejął nieoczekiwanym przezwyciężeniem w sobie dykcji niemęskiej, że nie mógł zatrzymać potoku wyrazów, zauroczony ich brzmieniem.

– H u m b **u** g, k u r a c j u s z, k u l t u r a, a k u k **u**, s z u **r** u m b u **r** u m – wypowiadał, kiedy się z szafy wydostała kobieca kobieta i nawet jakby nabrała podejrzeń, że zabawność się kończy, bo oto wariat przed nią prawdziwy, i nawet jakby jej chichot przycichł, podeszła więc do brata starego K. i szepnęła mu do ucha:

– Siusiu mi się chce.

Brat starego K. jeszcze nie do końca wrócił z dykcyjnego rozmarzenia, podjął więc:

– S i u s i u, K i u s i u, S i k o k u...

Lecz zaraz potem spostrzegł, co się święci, i skulił się w sobie z przestrachu, bo oto szczęście z nagła mogło mu się wymknąć, rzekł więc:

– Ale nie możesz stąd wyjść na siku. Ona tam... zobaczy... no jak... nie możesz, proszę cię...

Kobieca kobieta wciąż jeszcze podchmielona w stopniu wystarczającym, by chcieć zabawę kontynuować, zdołała sobie w duchu wytłumaczyć, że nigdy jeszcze nie przeleciała takiego dziwaka i że zaraz musi to zrobić, bo gratka to niezwyczajna, podobno wariaci mają niezwykłą potencję, zaraz się do niego zabierze, tylko się wysika.

– No więc gdzie mam to zrobić?

Brat starego K. zaczynał tracić pewność siebie, rozglądał się bezradnie po pokoju i nie miał pomysłu, bał się odezwać, bo czuł, że u znowu mu się wymyka razem z pewnością, z męskością, i zanim rozłożył bezradnie ręce, kobieta przejęła kobiecą inicjatywę, podeszła do ulubionej palemki siostry starego K., zdjęła spodnie odzienie, kucnęła nad donicą i spulchniła ziemię strumieniem spontanicznym, a kiedy brat starego K. z ustami rozwartymi spoglądał na tę scenę, wysikawszy się, zdjęła odzienie zupełnie, do ust jego rozwartych się zbliżyła i pocałunkiem je zamknęła, pocałunkiem, a potem całą tą resztą...

To była najpiękniejsza noc w życiu brata starego K., ale kiedy kobieca kobieta wymknęła się przy jego pomocy nad ranem z t e g o domu, uznała, że przygoda wraz z upojeniem dobiega końca; brat starego K. miesiącami wydzwaniał, prosił, dopytywał się, ale tu już niczego wskórać niepodobna było, kobieca kobieta miała w domu swojego męskiego męża z wąsem, swoje dziecinne dzieci, swoją rodzinną rodzinę i prosiła wręcz brata starego K., żeby się nie naprzykrzał, żeby był dorosły, że to było bardzo, bardzo przyjemne i ona niczego nie żałuje, ale niech on się zachowa jak mężczyzna, a nie jak szczeniak. Brat starego K. powrócił więc do swojego pokoju, zamykał się na klucz i usychał, patrząc na palmę usychającą, palmę, która zroszona przez kobietę kobiecą też już zwykłej wody pić nie chciała, też tęskniła do nocy tej jedynej i tęskniąc tak, zdechła na śmierć.

Ciężki, oj ciężki ty, synek, jesteś, cały ten stary, gdybyś ty jedną cechę chociaż po mnie odziedziczył, ale nie, wszystko tych K., oj nie znajdziesz ty nikogo, kto by z tobą wytrzymał – mawiała matka, kiedy już zabroniłem jej wchodzenia do łazienki podczas mojej kąpieli, kiedy zaprotestowałem głośno przeciw podsuwaniu mi ubrań do wyjścia, kiedy po raz pierwszy głos mi się wymknął spod kontroli i naturalnie przypisany mu ton cienki dziecięcy stał się nagle fistułą wypieraną przez ochrypły baryton, wypieraną nieskutecznie i chaotycznie, prawdę powiedziawszy, dwa głosy się we mnie szamotać zaczęły, złośliwie wyrywając sobie wzajem moje struny głosowe, tak że w jednym zdaniu, w jednej wypowiedzi zdolny byłem (nie ja, głosy moje) zmieniać tonację z wysokiego C na niskie, ba, w jednym słowie kilkusylabowym głos mi skakał po skali, byłem wobec niego bezradny, przeciw niemu też, protestowałem, nienawidziłem go, wychodziłem na przedmieścia zdzierać gardło aż do utraty głosu, żeby się publicznie z mutacją nie zdradzać, nie chciałem być mutantem, wolałem być niemową.

Stary K. długo nie mógł do siebie dopuścić myśli, że już się zaczęła we mnie przemiana w samczyka; stary K. był przecież młody, zbyt młody, by mieć dorastającego syna, pielęgnował przecież każdego dnia przed lustrem wąsa, krytycznym okiem sprawdzając, czy aby siwy włos się gdzieś przed nim nie ukrywa, przecież wciąż jeszcze imponował dziewczętom, nie tylko kobietom, był przecież jedynym w t y m domu Prawdziwym Mężczyzną.

– Synek, słuchaj mnie teraz. Ojciec twój zna się w życiu na trzech rzeczach: na samochodach, koniach i kobietach; może nie na wszystkim się znam, w matematyce fizyce już ci nie pomogę, w moich czasach takie zadania jak u was w szkole to robiono na uniwersytetach; może się tam nie we wszystkim orientuję, ale się orientuję w kobietach, autach i koniach, to na pewno. I powiem ci więcej, synek: Prawdziwemu Mężczyźnie wystarczy się na tych rzeczach poznać, bo to są rzeczy w życiu najpiękniejsze. Prawdziwy Mężczyzna powinien sobie umieć wybrać sprawny samochód, rasową kobietę, a jak ma jeszcze pieniądze i stajnię, to i konia pięknego dokupić; pamiętaj, synek, kobieta musi być rasowa, koń piękny, nie odwrotnie. Obyś lepiej wybrał w życiu ode mnie, to jest moje marzenie z tobą związane; każdy ojciec chce, żeby syn miał od niego lepiej, widzisz: mnie tam na konia stać nigdy nie było, garaż musimy wynajmować, żeby mieć z czego opłacić twoje wychowanie, żebyś na ludzi wyrósł, a kobietę wybrałem źle – synek, synek, piękna to ona może i była, rasowa to już nie za bardzo, ale co ja ci będę o matce mówił, co ja ci będę...

Stary K. jak najdłużej próbował odwlec moment zauważenia zmian, które się w mojej powierzchowności dokonywać zaczęły, zareagował chyba dopiero, kiedy wpadłem pod młodzieńczy pryszcznic (jeśli o mnie chodzi, gotów byłem bić w mordę wynalazcę słowa „trądzik"; wynalazł je z całą pewnością jakiś Prawdziwy Mężczyzna, któremu pod okiem dorastał syn; słowo wtłaczające w zdrobniałą i pogardliwą nietykalność: kto ma siusiaka nieokolonego włosem, kto ma meszek pod nosem, kto jeszcze się z niewinności nie wykaraskał, temu sądzony trądzik i basta – o nie, ja tylko wpadłem pod pryszcznic). Owóż stary K., poważnie zaniepokojony, zagadnął matkę:

– Ty, co on ma taki sznapsbaryton ostatnio, zaziębił się? Pilnujesz go, czy szalik nosi?

– Chłopie, o czym ty gadasz w ogóle? Twój syn mutację przechodzi, dojrzewa, wąs mu się sypie, a ty bujasz w obłokach, jakbyś był studentem wiecznym.

– No co ty powiesz, mutację? To chuchro? Czekaj, ile on ma lat, no przecież za wcześnie jeszcze... Ale te syfy na gębie... i taki się zrobił nieforemny, takie proporcje zachwiane...

– Komu ty ubliżasz, ty Casanovo z Koziej Wólki, na siebie zerknij do lustra, a synka w spokoju zostaw, łachudro! Brzuch ci się wylewa, cycki jak u panienki, zęby do wymiany, ale młodzieniaszka udajesz!

– Milcz, ty... wściekła suko, milcz, a nie szczekaj tym swoim głosem jazgotliwym! Boże, ja teraz zwariuję z nimi, ten z tym sznapsbarytonem i ta stara szczekaczka...

– Szczekaczka? Suka? A co ja robię teraz? Co ja, do kurwy nędzy, w rękach teraz trzymam i segreguję nad pralką?! Majciory twoje białe, chamie! Podkoszulki zaśmierdłe potem! Skarpety skisłe od szwai, śmierdzącej nogi! I ty do mnie z pyskiem? No to won, prania nie będzie, idź na ulicę, poderwij jaką młódkę, coby ci prała, gotowała, gnoju stary!!!

– Mnie nogi nie śmierdzą i nie śmierdziały nigdy! W t y m domu nigdy nikomu nie śmierdziały nogi! I ja sobie wypraszam chamskie odzywki! Mnie się ceni, mnie się szanuje, mnie się poważa, wszędzie, tylko nie w domu rodzinnym, bo w tym domu się na mnie tylko szczeka!

I trzaskał drzwiami stary K., i schodził piętro niżej, do mieszkania swego rodzeństwa, i zanim jął się skarżyć tradycyjnie na mojrę małżeńską, wwąchiwał się we własne pachy, potem przechodził do łazienki, zdejmował pantofle i stękając, starał się sięgnąć stopą pod nos, wyginał nogę, naciągał rękoma i sprawdzał, a potem szczerzył zęby i chuchał do lustra – a kiedy nie znalazł żadnego uszczerbku zapachowego, utwierdzał się w przekonaniu, że matka moja w kolejną fazę paranoi wkracza, już pierwszych urojeń doznaje: bo nie dość, że w nim męskiej prawdy nie widzi, Prawdziwego Mężczyzny w nim widzieć nie chce, to już się zaczęły halucynacje węchowe; koniec już blisko, zawsze wszystko się zaczyna kończyć od smrodu.

Stary K. zaczął mnie w tym okresie mutacyjno-pryszcznicowym odwiedzać w pokoju, były to, by tak rzec, niezapowiedziane wizytacje; skradał się najpierw na palcach w skarpetach pod drzwi i nasłuchiwał, a potem jednym szarpnięciem klamki otwierał i wpadał do środka, łypiąc na mnie podejrzliwie; te niezapowiedziane wizytacje starego K. były jednak dla mnie dość łatwe do przewidzenia, bo właśnie cisza go zdradzała, brak naturalnego skrzypienia podłogi, domyślałem się, że jeśli za drzwiami robi się niepokojąco cicho, skrada się stary K. i będzie mnie, by tak rzec, wizytował. Przychodził też wieczorami, przed zaśnięciem; kiedy jego parsknięcia kąpielowe, pierdnięcia wanienne, pogwizdywania ręcznikowe cichły, wiedziałem, że zaraz będzie u moich drzwi, że nim wtargnie, przyłoży ucho do szpary lub oko do dziurki od klucza, myślałem, oj myślałem czasem, czyby kiedyś niby przypadkiem, niby zupełnie bezwiednie nie włożyć w tę ciszę za drzwiami, wprost przez dziurkę od klucza, czegoś ostrego, och, choćby dobrze utemperowany ołówek, myślałem, oj myślałem, czy wbiłby się tylko w oko, czy głębiej, przez oczodół dotarłby do mózgu starego K., tam gdzie lokował się jego nabrzmiały ośrodek moralności, i pozwolił mu wypłynąć, odsączyć się ciurkiem na świeżo pastowany parkiet przedpokoju.

– Ręce na kołdrę!!

Zwykle ta komenda przerywała mi mordercze knowania, stary K. już stał u mego wezgłowia i mierzył we mnie brwią zmarszczoną.

– Jak ty śpisz? Cały pod kołdrą? A może nie śpisz? Coś tam robił?

I ściągał ze mnie kołdrę. Rutynowa kontrola, nigdy mu się to nie znudziło.

– Oj nie odkrywaj, bo zimno. Co znowu, przecież spałem...

Zakrywałem się i odwracałem do niego plecami.

– Pamiętaj, synek, w twoim wieku najgorsza rzecz to świństwami się interesować. Od tego się biorą zboczenia. Od przedwczesnych zainteresowań. Potem ani się uczyć nie chce, ani nic porządnego...

– Wiesz coś o tym?

– Ty mi nie pyskuj, gówniarzu!

I znów mnie odkrywał, jakby w zamian za to, że słucham jego pouczeń na leżąco, trzeba było mnie odkryć.

– Na pewno oglądasz już jakieś plugastwa z kolegami, przyznaj się. Na pewno już się zabawiasz, gdzie nie trzeba, co? Jak to było, „bilard kieszonkowy", hę?

Śmiał się sam do siebie, i znowu poważniał, nerwowo, zupełnie bezradnie; odkrywał tę moją kołdrę, jakby miał nadzieję, że gdzieś pod spodem chowa się to dziecko rasy ludzkiej, z którym umiał sobie radzić, do którego nie trzeba było mówić o tych sprawach, tych rzeczach, tych klockach. Było mi go żal, nawet wtedy, kiedy kontynuował pogadanki na dobranoc.

– To jest śmiertelny grzech w tym wieku. Zresztą w każdym... Niech no ja się dowiem, niech cię przyłapię...

Udawałem, że śpię, słyszałem, jak się wierci, kręci w miejscu, jak rozpaczliwie szuka puenty.

– Pójdziesz do księdza i się wyspowiadasz, jeśliś kiedykolwiek coś brzydkiego robił sam ze sobą. Bo na szczęście nie podejrzewam cię, żeby z kimś. Toby dopiero było... A jeśli sam, i się nie wyspowiadasz – pamiętaj: ręka ci uschnie! Najpierw wyrosną błony między palcami, jak u żaby, wszyscy będą się z ciebie śmiali, a potem ci uschnie i odpadnie, i to nie tylko ręka!

Nie bardzo miałem co przed nim ukrywać, więc z czasem zaczął baczniej rozglądać się po moich półkach, szafkach, spozierał na moje zdjęcia klasowe.

– Ooo, no całkiem te pannice dorodne już, a kto to jest na przykład ta tutaj, z brzegu...

Sprawiał wrażenie naprawdę poruszonego, zawsze zauważał te z dziewcząt, którym najszybciej rosły piersi, oglądał te fotografie z roku na rok coraz baczniej, bo liderki wyścigu dojrzewających, pulchniejących, wydatniejących biuścików stale się zmieniały, trzymał zdjęcie w ledwie zauważalnie drgającej dłoni, przechylał tak, żeby światło lampy nie odbijało się od błyszczącej powierzchni, żeby móc widzieć wyraźnie, i sprawdzał, i niby to mimochodem pytał:

– A która to jest ta, no jak jej, ta, co jej podpowiadałeś na klasówce?

Kiedy mu pokazywałem, natychmiast mówił:

– Ooo, słaba, słaba, takie chuchro jak ty, nie powinniście się razem pokazywać, bo was psy napadną, nigdzie by nie zobaczyły tylu kości naraz.

I choć mu tłumaczyłem, że nie pokazuję się razem na ulicy ani nigdzie indziej z tą ani z żadną inną, on nie słuchał, bo właśnie wyłowiwszy wzrokiem najpierwsze z umundurkowanych piersi, mówił jak gdyby chwilowo nieobecny:

– O popatrz, to jest pannica, kto to, jak się nazywa...

A potem niby to żartem, niby to bratając się ze mną w szczenięctwie:

– Dziewczyny was przerosły, co? Cycuszki, nóżki... mają, co nie? Jak wy to mówicie: „szłoby" już, co? Szłoby?

Kiedy zauważał, że nie przejawiam zainteresowania tymi sprawami, zdawał się być zmieszany.

– Nno, dobrze... Masz jeszcze czas, ale szczerze mówiąc, ja w twoim wieku...

Do matki zaś szeptał, tak, żebym nie mógł nie podsłuchać:

– Powiedz, czy on tam ci nic nie mówi, nie podoba mu się jakaś, a może on jakoś nie w tę stronę, coś on za często z tymi chłopakami się zadaje, trzeba mu zabronić...

Stary K. jednakowoż nie niepokoił się o to, czy aby nie jestem zbyt wstrzemięźliwy jak na swój wiek; stary K. wiedział, że wkraczam w wiek zwany tu i ówdzie rębnym, że ziarna pożądań zasiane w dzieciństwie teraz z nagła we mnie dojrzeją, wszystkie jednocześnie się zaścielą łannie i dotknie mnie klęska urodzaju, liczby nie kłamią. Stary K. wiedział o tym i czekał, bo pejcz już dostał wysługę lat. Teraz miała nadejść pora ogłoszenia wyników wychowawczych, a gdyby nie okazały się satysfakcjonujące, to podrośnięte szczenię rasy ludzkiej, którym się stałem, można było stłamsić na całkiem nowe, dyskretnie skuteczne sposoby.

Myślałem: kiedy to się dzieje, dlaczego tego nie można przyłapać, dlaczego dopiero z czasem się sobie uświadamia, że się dorosło? Domyśliłem się, że ta granica musi tkwić tam, gdzie nagle przestaje się tęsknie wyczekiwać przyszłości. Tej, w której już się będzie mężczyzną z wąsami, żoną i samochodem. Tej, w której będzie się mogło w uroczystości rodzinnej uczestniczyć z prawem do kieliszka. Tej, w której się w ogóle będzie już takim starszym, imponującym. Takim, co to już nie ma wągrów i łojotoku, i niepewności ruchów. Takim, co to już wytrzymuje wzrok żeński na sobie, nie spuszcza oczu po sobie, się nie pąsowi. Takim, do którego już się mówi „proszę pana"; któremu się nie każe wstawać w klasie przed chóralnym „dzieeń-doo-bry"; któremu się w tramwaju nie zwraca uwagi „gówniarzu, może byś ustąpił". Słowem: gdy nagle się przestaje wyczekiwać przyszłości, bo już się dojrzeje do tego, żeby „im wszystkim pokazać". Ni stąd, ni zowąd za przeszłością tęsknić się zaczyna; a im odleglejsza, tym tęskni się bardziej, choćby i najgorsze to były wspomnienia, choćby i udokumentowane w mło-dzieńczym dzienniku jako czas udręki. Bo się już wie, że przeszłość to jedyne, czego nigdy nie będzie można dostąpić, kupić, przekupić, ubłagać, przeżyć ponownie. Bo się wie, że już się jest w tym wieku, do którego się tęskniło w młodości, ale nikomu niczego się nie pokazało. Wąs wyszedł z mody, na samochód nie stać, a żona niedoszła odeszła. Ale ale, pomyślałem, to nie tak samo z siebie, niepostrzeżenie, gdzieś przecież musi ta granica przebiegać, gdzieś by ją można przy-uważyć, z czegoś ona wynika. Domyśliłem się, że chodzi o obecność. Że tak się człowiek przyzwyczaja od przedszkolnych lat, przez szkolne, licealne i studenckie, że codziennie ktoś sprawdza jego obecność. Wywołuje z listy i doma-ga się potwierdzenia: „Jestem". Przez te wszystkie lata ktoś jest zawsze zainteresowany tym, byśmy byli. Najpierw być musimy, potem powinniśmy – niezmiennie figurujemy jednak na listach obec-ności. Aż wreszcie z ostatnim dniem studiów ten przywilej się kończy: odtąd nikt już naszej obecności sprawdzać nigdy nie będzie, odtąd jesteśmy światu obojętni, możemy sobie być lub nie być. Pracodawcy nie interesuje nasza obec-ność, tylko efektywność – idealnym dla niego układem byłoby przecież zatrudnianie efektywnych duchów. Jak najwięcej wydajności przy jak najmniejszej obecności – oto, czego się od nas żąda.

Nikt nigdy nie domagał się mojej obecności tak kategorycznie jak stary K. Jeśli miałbym to pragnienie brać za oznakę miłości ojcowskiej, jak radziła matka, byłbym nie mniej znękany, za to pewnie samoocena rosłaby mi jak na drożdżach z każdym „Dokąd się wybierasz? A ojca o zdanie nie pytasz? W domu masz mi być nie później niż o...", zwłaszcza zaś po aresztach domowych, stosowanych jedynie w dni pogodne, słoneczne, kiedy dobiegający zza okna łomot piłki o garaże ranił uszy najboleśniej, kiedy nawoływania dzieciaków musiałem w końcu kwitować cierpiącym wyrazem twarzy i komunikatem o sztubie, który zresztą wprawiał ich w dość przewrotną euforię – cieszyli się swobodą uświęconą poprzez moją niewolę, zwykła kopanina nagle nabierała dla nich nowej wartości, bo sami znali smak sztuby; cieszyli się, że tym razem padło nie na nich, ale na mnie, dawałem im tę rzadką chwilę jednoczesności szczęścia i jego świadomości, możliwość delektowania się mitrężonym czasem.

Stary K. żądał mojej obecności i obecności mojej matki przy nim. Wchodząc w nią po raz pierwszy, uznał, że niniejszym wszedł również w jej posiadanie; naturalną konsekwencją tych wejść stało się również i to, że zapytywany o potomków odpowiadał:

– Posiadam jedno dziecko.

Domagał się mojej obecności uporczywie i bez mała odwiecznie. Kiedy tylko dowiedział się od matki, że zaszła z jego powodu dalej niż kiedykolwiek i ciążą jej konsekwencje, które będzie musiała donosić, zaordynował jej, jakby chciał w jednym zdaniu zmieścić jednocześnie radosne zdumienie i tryb rozkazujący:

– A więc urodzisz mi syna!

I pojmał ją za żonę.

A kiedy przyszły skurcze dziewięć miesięcy później, na tydzień przed terminem, matka przed świtem obudzona bólem zaczęła liczyć minuty i zanim na dobre się doliczyła, kolejny skurcz ją łapał, jeszcze bezczelniejszy niż poprzedni. I choć naprawdę nie chciała budzić starego K. jeszcze po ciemku, jeszcze w nocy, choć obiecywała sobie, że dotrwa do rana, ból był silniejszy niż wola. Pojękiwała więc, ale stary K. spał w najlepsze przytulony do ściany, kiedy więc usiadła na łóżku (zabolało dużo silniej), całkiem już na głos jęknąwszy, dotknęła pleców mężczyzny, z którym spędziła już pierwsze miesiące małżeńskie, pleców, z którymi miała spać już przez resztę życia, dotknęła pleców starego K. odzianych w przepocony biały podkoszulek i potrząsnęła nimi łagodnie. Staremu K. wyrwał się przez sen mamrotek:

– Cssożtammm csichocicho...

Matka, czując, że prędzej się urodzę, niż jej mąż zdoła się zbudzić, wstała i jęła zmierzać ku garderobie z postanowieniem samodzielności aż po kres (przytomności), ale ja już się wiłem wewnątrz niemiłosiernie i wywołałem reakcję łańcuchową. Nie było odwrotu, zrobiło się dramatycznie ciasno i trzeba było wyjść za wszelką cenę natychmiast, mimo bólu, mimo skurczy jakoś tę główkę przepchać. Matka osunęła się więc na ziemię po drugim kroku i z podłogi wycedziła przez boleści:

– Ja rodzę!

Stary K., usiłując odnaleźć końcówkę snu, która mu się wyślizgnęła, wymamrotał:

– Tak, tak, spróbuj zasnąć.

I dopiero wtedy, po raz pierwszy czując się wystarczająco usprawiedliwioną, matka moja podniosła głos na starego K., wrzeszcząc tak przenikliwie, że aż mnie chwilowo ogłuszyło i cofnąłem się nieco w macicznym uścisku, choć instynkt podpowiadał, że te cenne centymetry trudno będzie odzyskać; wrzasnęła tak, że za pięć minut byli już w drodze do szpitala. Och, oczywiście, że pieszo, stary K. uznał, że szpital jest zbyt blisko, żeby się opłacało wzywać taksówkę; pomagał iść matce, mówiąc, że chodzenie jej pomoże, ona już nie miała sił protestować, przygryzała wargi do krwi i szła, co sto metrów przysiadając i wysłuchując od niego:

— Oj no nie rób historii, już prawie jesteśmy. Kto to o tej porze będzie jeździł?

Musieli dojść, no to doszli. Ja już właściwie zwisałem jej między nogami, już można mnie było pogłaskać po ciemiączku; stary K. nie zdążył dojść z powrotem do domu, a już odcinali nam pępowinę. Czułem, że własna matka mnie wydała, i żadną mi nie było pociechą to, że wydała mnie na świat. Świat, w którym pierwszą osobą, bezgranicznie zniecierpliwioną moją nieobecnością, był stary K.

Potem

T e n dom się zestarzał. Brzydko, brzydziej niż ludzie. Domy starzeją się zdradliwie, starość lęgnie się w nich pokątnie, a potem niepostrzeżenie anektuje kolejne połacie, starość domów wymyka się spod kontroli, przestaje być widzialna dla domowników, za to podejmowani goście czują ją już u progu, już w korytarzu, w smrodzie stęchlizny. W t y m domu starość mościła sobie barłóg w rozchodzonych kapciach, oferowanych wizytantom po zdjęciu ubłoconych butów, w zapachu naftaliny dobiegającym z sypialni, sączącym się z szaf, w łazience, gdzie pleśniały z dawna nieużywane nadtarte pumeksy, gdzie obrastały brudem szczotki do paznokci, brązowiały niedomyte umywalki, gdzie ziały stęchlizną wilgotne ręczniki, gdzie w niedomkniętych apteczkach dawno przeterminowane kolekcje leków przepychały się z nowo przybyłymi, gdzie zalegały na szafkach plastikowe grzebienie i szczotki nieobrane z włosów i łupieżu, gdzie nawet woda rdzewiała w locie do wanny, gdzie wannę udekorowano szarym mydłem, oskubanymi gąbkami, flakonami po ziołowych szamponach, ale nad wanną, och, nad wanną pamiętał czasy świetności łańcuszek powisający ze ściany, łańcuszek od dzwonka, dzwonek już nie dzwonił pół wieku, łańcuszek już dawno bez rączki, ale świadczył o tym, że kiedyś, ach kiedyś tam kiedyś w t y m domu wzywano wprost z kąpieli jednym pociągnięciem łańcuszka służbę, na przykład w celu podania szlafroka; w t y m domu wciąż u każdego wieszaka tłoczyły się kolekcje szlafroków (w starych domach zawsze jest za dużo szlafroków, szlafrok to uniwersalny prezent urodzinowy, szlafrok jest stosowny na każdą okazję, szlafrok jest doskonały na wypadek, gdybyśmy zapomnieli, co podarowaliśmy ostatnim razem, przecież szlafroków nigdy dosyć, szlafrok jest znakomity na wypadek, gdybyśmy zapomnieli o stopniu naszej poufałości z solenizantem, ale pamiętali, że jakaś tam była, szlafrok jest wreszcie idealny w przypadku, kiedy nijak nie możemy sobie przypomnieć, która to już wiosna wybiła jubilatce, kiedy nijak sobie nie możemy wyobrazić, jak bardzo się zestarzała, przecież szlafrok pasuje w każdym wieku); tu starość zalęgła się w kuchni, w tłustych łyżeczkach, popalcowanych szklankach, lepkich kredensach z warstwami starych okruchów w kącikach; w spiżarni, w zeschniętych ciastach świątecznych; w jadalni, w kruszących się bukietach suszek pełnych kurzu i pajęczyn, w składowisku niemodnych abażurów (drugie miejsce na liście wiecznie stosownych prezentów); a wszędzie wiodły sfilcowane chodniczki, dywaniki... Wszystko w t y m domu próbowało oprzeć się próbie czasu zdrobnieniami. W przedpokoju obok laseczki zwisała smyczka, pod garderobą zaś nie kapcie, nie pantofle, lecz laćki („Gdzie są moje laćki? Nie widziałaś gdzieś laćków moich?"), które po zzuciu butów zwykł wkładać stary K., udając się do ulubionego pokoiczku na poobiednią drzemkę, póki śmiertka nie zarygluje w nim drzwiczek...

Nie mieli pomysłu na starość, tak jak wcześniej nie mieli pomysłów na życie. Byli już starsi, niż to sobie wywróżyli w dzieciństwie, i nie wiedzieli, co z tymi nadgodzinami począć. Wszystko już się skończyło, kurtyna opadła, trzask krzesełek dawno ucichł, a oni pozostali na pustej scenie z odegranymi już rolami, zostali bez tekstu, bez reżysera i bez widowni. Nie odróżniali już dni, o świętach dowiadywali się z telewizorów i radioodbiorników, wtedy kupowali droższe niż zwykle wędliny, ciasto, butelkę wina i zasiadali w milczeniu do stołu, żegnali się machinalnie przed jedzeniem, wytrzymywali ze sobą przy stole tych kilkadziesiąt minut, a potem się chowali po kątach, każde przed swój ekranik, wracali do swoich jaskiń, zapatrzeni w cienie na ścianach. Rytuały przeszły w nawyki. Brat starego K. z butelką taniego piwa każdej nocy zasypiał przed włączonym telewizorem w porze programów erotycznych, śniąc szczęśliwe zakończenia swych klęsk miłosnych. Siostra starego K. po odmówieniu wieczornych litanii i wyłączeniu Jedynego Radia Prawdziwych Polaków słyszała przez ściany cmoktanie różowych landrynek, wchodziła więc do pokoju brata i zatykając uszy, odwracając wzrok, podchodziła do telewizora i wyłączała go z prądu, a spojrzawszy potem na błogi wyraz twarzy śpiącego braciszka, szturchała go w bok, by sen grzeszny mu zakłócić, butelkę z dłoni wyjmowała i wkładała w jej miejsce różaniec. Brat starego K. sen miał twardy, niełatwy do przeprogramowania, tedy poranne przebudzenia różańcowe przyprawiały go regularnie o drobny, acz uciążliwy dyskomfort sumienia.

Matka bez reszty poddała się latynoskim tasiemcom, zalęgły się w niej nieodwołalnie i rozmnażały, kurczyła się od nich i chudła, ale była bezradna, latynoskie tasiemce to była jedyna darmowa karma dla jej organizmu, najłatwiej dostępna, tylko nimi się żywiła, całymi dniami, na surowo, wciąż powtarzając:

– Tylko dzięki nim wiem, co to jest prawdziwe życie; to jest moja ostatnia przyjemność, nie pozwolę jej sobie odebrać. Dość się naużerałam z wami wszystkimi, na stare lata dajcie mi święty spokój – mówiła i pożerała tasiemce, czasem po dwa naraz, przeżywając je i przeżuwając, nie podejrzewając nawet, że w postaci pogryzionej i pokawałkowanej regenerują się w jej wnętrzu i wysysają ją od środka, za największy przysmak mając mózg, wzajem się wewnątrz matki wyniszczają w walce o największy przysmak; pewnie tylko dlatego jeszcze żyła, że tasiemce toczyły w niej morderczą wojnę o dostęp do mózgu, tak zażartą, że rzadko który na chwilę dostępował rozkoszy pasożytowania wewnątrz jej czaszki, tylko po to, by raptem dać się wygryźć rywalowi.

Tymczasem stary K. żył pewnością, że najlepsze w życiu jeszcze mu się przytrafi; pewnością, którą zyskał, podsumowawszy swój żywot i pojąwszy, że jak dotąd przytrafiały mu się tylko nieszczęścia; chodził po domu i mówił:

– Trudno, nie wszystkich szczęście spotyka za młodu, niektórzy dopiero na stare lata zostają docenieni, widać taki i mój los, choć po prawdzie co do tej starości to ja bym się ostrożnie wypowiadał, „Nie znacie dnia ni godziny", mówi nasz Pan, a czemu mielibyśmy mierzyć wiek ilością dni przeżytych, przecież liczy się nie to, ile kto już żyje, ale ile jeszcze będzie żył, i coś mnie się wydaje, że pod tym względem to ja jestem dużo młodszy nie tylko od was wszystkich, ale i od wielu gówniarzy, na przykład od syna mojego durnego, który z tym jego trybem życia długo nie pociągnie, to więcej niż pewne, jeszcze kiedy mieszkał z nami, jako tako można było na niego wpływać, ale teraz zszedł na psy i wyląduje w rynsztoku, trudno, ojcu się nie udało dziecka upilnować, to jest klęska, trudno, ale jak mówiłem, mnie już wszystkie nieszczęścia spotkały, teraz musi już ten dobry traf nadejść, teraz musi się coś dobrego wydarzyć, czuję to...

I tak filozofując, tak przeczucie swoje obnosząc, oddawał się z pasją grze w lotka, z zadziwiającą konsekwencją nie trafiając nawet najdrobniejszej wygranej, pisywał pieniackie elaboraty do firm, które za zakup zdezelowanego budzika obiecywały nowy samochód lub też za zamówienie encyklopedii dwukrotnie drożej niż w księgarni plus koszta przesyłki z Seszeli zapewniały go o wysokiej nagrodzie pieniężnej, domagał się tych wszystkich nagród, wysyłał po kilka listów dziennie, powiadał:

– No co to za czasy złodziejskie, bezczelnie w biały dzień człowieka oszukują, och, gdyby mnie było stać na prawnika, och, gdybym ja rządził, wypleniłbym tę zarazę, wybiłbym w pień, bo przecież w więzieniach oni mają za dobrze, z naszych podatków się ich utrzymuje i mają tam lepiej niż w hotelu, karę śmierci by trzeba przywrócić i nie patyczkować się, i tak jest ludzi za dużo, dupcą się jak króliki, zwłaszcza te bandyckie mordy, które mieszkają w naszej dzielnicy, z nich też nic dobrego nie wyrośnie, program sterylizacji bym opracował i wprowadził obowiązkowo dla wszystkich gnojków z niedostatecznym ilorazem inteligencji, bo to nawet łopatę jak w rękę dostanie taki jeden z drugim, to w łeb kogo uderzy i zabije, zamiast wykopać, co trzeba, oj ja bym zrobił porządki, na początek w tym mieście zrobiłbym...

Wystartował nawet w wyborach do rady miejskiej, w którejś z partii odnalazł się jego dawny kumpel ze studiów, pozwolono mu „w uznaniu dla jego niezłomnej postawy i bezkompromisowości" kandydować z ostatniego miejsca na liście, oczywiście pod warunkiem wpłacenia stosownej sumy na „cele promocyjne", stary K. zebrał więc dwumiesięczną emeryturę swoją, siostry i brata (matka odmówiła wsparcia: „Na stare lata ci odbija, chłopie, ja ci się do grobu nie dam wpędzić, ja mam czterysta pięćdziesiąt złotych na miesiąc i ci z tego obiady gotuję, ja tego w błoto nie wyrzucę! Jaki stary, taki głupi, ty myślisz, że oni tam na ciebie czekają, już ci miejsce w fotelu moszczą, już ci uprzątają biurko, żebyś miał gdzie nogi kłaść, błaźnie ty, naiwniaczku!") i wpłacił na konto partii, i kandydował, i przez miesiąc rozdzielał groźby wrogom, obietnice przyjaciołom, dzielił skóry na niedźwiedziach, a potem, kiedy przepadł z kretesem, wpadł w depresję przepastną. Zamknął się w swoim pokoiku i nie wychodził, póki nie udało mu się znaleźć wytłumaczenia klęski wyborczej, siedział więc długo, odmawiając pokarmów, pozwalając tylko siostrze przynosić wodę mineralną, prowadził głodówkę w ramach protestu przeciw fałszywym i niewdzięcznym ludziom, którzy go zdradzili w chwili prawdy, głodował i monologował przez drzwi. Najpierw miał okres biblijno-męczeński:

– Ach, Boże mój Boże, czemu mnie tak doświadczasz, czemuś mnie sobie na Hioba wybrał, czemuż zewsząd klęski i nieprawości znosić muszę, o Panie, cóżem ci uczynił, czemem zawinił, całe życie tylko parszywość ludzka rani moje serce, dlaczego wypróbowujesz moją cierpliwość, dlaczego pastwisz się nade mną?!

Po paru dniach, kiedy już trochę zgłodniał, stał się bardziej drażliwy:

– Durna żona, durny syn, durne rodzeństwo, durna rodzina, durni sąsiedzi, durna ludzkość, durne życie, durność, wszystko durność!

A kiedy już matka przekonała pozostałych domowników, że najwyższa pora wezwać psychiatrę, stary K. zgłodniał na tyle, że postanowił opuścić swoją celę, zachowując jednocześnie resztki dawnego fasonu; skonkludował więc:

– No cóż, nie pierwszy raz okazuje się, że ludzka głupota jest nieprzezwyciężona; dałem im szansę, z której nie skorzystali; nie to nie, ten kraj jest podły, to miasto jest podłe, ten kraj i to miasto nie zasłużyły na takich ludzi jak ja, to nawet dobrze się stało, bo prędzej czy później zrozumiałbym w razie zwycięstwa, że rządząc nimi, jestem tylko świniopasem, ha ha, ale mi się powiedziało, bardzo dobrze, no właśnie, świniopasem nie będę, w t e j rodzinie nikt nigdy nie upadł tak nisko, żeby trzodę wypasać, jakiż głupi byłem, że wcześniej na to nie wpadłem; słowem: to była zwycięska porażka; słowem: ostatni będą pierwszymi; słowem: dajcie coś żreć, bo zgłodniałem przez te wszystkie dni!

I wszystko wróciło do normy, do kapci, krzyżówek, teleturniejów, porannych pobolewań, starość ich przyprószyła, okryła kurzem nawet sny.

Kiedy dzwoniłem, matka skarżyła się, że było jej łatwiej, póki jej się sny nie zestarzały, mówiła:

– Kiedyś mi się śniło, że mam skrzydła, takie ptasie, że latam po niebie i te skrzydła mnie niosą, same, tak bez machania, i myślałam sobie zawsze, że to tak musi być po śmierci, jak się idzie do nieba; a teraz... też mi się śni, że mam skrzydła, ale to jest coś w rodzaju mola, wyraźnie czuję, że to są takie skrzydełka owadzie, oblepione kurzem, wszędzie ten kurz, w łóżku, pod łóżkiem, pod skórą...

Skarżyła się jeszcze na strach przed piekłem, bała się że z t e g o domu do piekła idzie się niejako obligatoryjnie, że w t y m domu nawet święty by przepił aureolę, nawet święty zszedłby na psy i szczekał jak one, matka bała się więc, że i ona po śmierci pójdzie do piekła; skarżyła się też na myśli samobójcze. Czy mogło spotkać mnie coś straszniejszego, myślałem, czy może spotkać człowieka coś straszniejszego niż zwierzenia samobójcze własnej matki? Mówiła, że samobójstwa też jej się śnią, że często we śnie się wiesza na rurze odkurzacza albo kroi żyły nożem kuchennym, albo wkłada głowę do pralki i włącza wirowanie wrzątku, skarżyła się, że nawet samobójstwo popełnia w tych snach jak garkotłuk. Bała się, że z piekła za życia wpadnie w jeszcze gorsze, bo wieczne, piekło po śmierci.

Kiedyś, jeszcze jako dziecko zapytałem ją, jak jest w piekle. Matka odpowiedziała mi wtedy zadziwiająco pewnie, jakby już tam była, jakby to była autopsja, a nie wyobrażenie:

– Synku, w piekle na powitanie pokazują ci wszystkie twoje niewykorzystane szanse, pokazują, jak wyglądałoby twoje życie, gdybyś we właściwym czasie wybrał właściwe wyjście. A potem pokazują ci wszystkie te chwile szczęścia, które straciłeś śpiąc, wiesz, synuś, że my przesypiamy połowę życia? I tym wszystkim śpiochom takim jak ty pokazuje się w piekle, co mogli w życiu osiągnąć, gdyby budzili się w porę.

– A potem? Mamusiu, co się dzieje potem, kiedy już to wszystko pokażą?

– Potem, synku, zostawiają cię samego z twoimi wyrzutami sumienia. Na całą wieczność. Nie ma już nic ani nikogo. Tylko ty i twoje wyrzuty sumienia...

Przez długi czas kładłem się spać wcześnie. Siostra starego K. powtarzała mi zawsze, że tylko sen przed północą tak naprawdę regeneruje organizm, a matka przekonywała, że tylko to, co wyśnione przed północą, ma moc proroczą. Śniłem więc, zapadałem w sen, mój jedyny, ulubiony sen............

– – – – – – – – – – – – – Któregoś dnia zadzwoniła matka, zawodząca tak żałośnie, że poplątało z żalu druty i włączał się co chwila głos cudzej rozmowy. Zalało ich gnojem, tak po prostu, nie potrafiła powiedzieć więcej. I wystarczyło: już tam z nimi byłem, już na to patrzyłem. Rąbnęła ulewa stulecia, stare rury nie wytrzymały i wybiło szambo; w piwnicach stanęło pół metra wody z równem. Pochowali się w swoich norach i nasłuchiwali deszczu, poirytowani, że zagłusza kwestie ulubionych bohaterów seriali, musieli nieustannie wzmacniać głośność, ale piloty były sfatygowane, molestowane guziczki nie chciały reagować.

– Bo w t y m domu nigdy nikt nie wpadł na to, żeby cokolwiek naprawić – mówiła matka do starego K. Tego więc dnia musieli podnosić dupska i podchodzić za każdym razem do telewizora, przeklinając:

– Ten cholerny pilot! Tyle już razy mówiłam, żeby oddać do warsztatu!

– Tyle już razy mówiłaś, to mogłaś sama zanieść!

– Ten cholerny dom! Tu nikt nigdy niczego nie naprawił w porę!

– No patrz: leje i leje i leje ten deszcz cholerny!

– A niech jebnie piorun i spali to wszystko na zawsze!

Ale tego dnia zamiast pioruna mieli gnój: poczuli nagle smród w całym domu, aż po poddasze, poczuli nagle i zaniepokoili się, i zaczęli nawoływać, wypytywać, co tak śmierdzi, jakby nagle zatrwożeni, że może to sumienia im gnić zaczęły. Wyszli na korytarz i z ulgą stwierdzili, że to z dołu, z parteru, od sąsiadów, więc to nie ich sumienia, ale sąsiadów z parteru (po śmierci matki potomek państwa Spodniaków wziął odprawę z upadającej kopalni, sprowadził swoją konkubinę i wespół z nią kontynuował ojcowską szkołę alkoholizmu ksobnego). Uspokoili się, a nawet ucieszyli, pomyśleli, że jak sąsiadom sumienia zgniją, to już na pewno będą musieli się wyprowadzić, to już na pewno się wyniosą, ale zaraz potem zaczęli się oburzać.

– No dobrze, niech im tam gnije, co chce, ale dlaczego u nas śmierdzi na górze, przecież to trzeba coś zrobić z tym.

A kiedy już wypełzli w komplecie: matka, stary K., jego siostra, jego brat oraz jamnik gładkowłosy podniecony zbiegowiskiem i odurzony smrodem, zaczęli się wzajemnie zachęcać.

– No idź im coś powiedz.

– Dlaczego ja?

– Chłopie, no weźże zrób coś!

Tak się podjudzali i zbierali na odwagę, i już nawet na półpiętro zeszli, żeby widokiem drzwi sąsiedzkich się ośmielić i zaraz do nich zapukać stosownie, i byliby już zapukali, gdyby nie sąsiad, który sam drzwi nagle otworzył, głowę wychylił i jął nawąchiwać, a potem, skrzywiwszy się z obrzydzeniem, konkubinę zawołał:

– Iluuunaa! Puć sam ino, co tu tak capi?! Czujesz?

Konkubina Ilona na to zawołanie wyszła i pokręciwszy nozdrzami, uznała: – No coś capi, no.

Wtedy wzrok ich wspólny konkubencki zoczył, że na półpiętrze stoi rodzinka i przygląda się nieprzyjaźnie, i popatrzyli sobie w oczy po sąsiedzku, i nagle zrozumieli, że trzeba broń zawiesić, bo to smród obcy, nie domowy, bo to niezlokalizowane źródło smrodu biło coraz intensywniej; zaczęli więc wszyscy schodzić niżej jeszcze, do piwnic, gęsiego, po schodach, niepewnie, kobiety z tyłu, mężczyźni z przodu, sąsiad pierwszy, bo z parteru, więc miał najbliżej, i pies, rozmerdany, wyrywający się i powstrzymywany ("Weźcie stąd tego psa!"). Zeszli i drzwi uchylili, i woda z gównem chlusnęła na sąsiada, bo był najniżej; smród w nich uderzył ze zdwojoną siłą. Kobiety zajęczały omdlewająco:

– O Jezu, szambo wybiło...

Mężczyźni zaklęli posępnie:

– Oszkurr, wybiło szambo...

Sąsiad, który zwalony z nóg gównianą falą siedział po pas w gównianej wodzie, zawołał rozpaczliwie:

– Iluunaa, wyciąg mie stąd!!

A potem, kiedy już się wszyscy wycofali na półpiętro, na bezpieczną odległość od podchodzącej wody z gównem, zaczęli dzielić się wrażeniami po równo.

– Mówiłam, że to ruina, te rury, trzeba było już dawno...

– Wiedziałam, że tak będzie, ciekawe, przez kogo to...

– Skoro mówiłaś, sama mogłaś już dawno...

– A tam leje i leje i leje...

– Iluna, jo musza to seblyc!

– Ino mi tak do dom nie właź, na korytarzu sie seblykej!

Lecz woda i gnój dopiero się rozkręcały i podczas gdy wszyscy zastanawiali się, co robić, Jezus Maria, co robić, poziom gównianej wody w piwnicy wzrastał dziesiątkami centymetrów na godzinę, w każdym razie wystarczająco dostrzegalnie.

I zanim wpadli na to, by zacząć wynosić, co się da, ratować pływający dobytek, magazynowany w podziemiach, od kartofli i węgla po płótna w pracowni starego K., zanim zaczęli szukać wiader i tworzyć sąsiedzki łańcuch samopomocy, czerpiąc wodę z gównem aż do wyczerpania, noc całą, zanim więc działać zaczęli, musieli sprawdzić rzecz najistotniejszą – czy aby nie pokrzywdzono ich w stosunku do reszty świata, a jeśli tak, to do jakiego stopnia. Brat starego K. zasugerował:

– Trzeba sprawdzić, czy innych też zalało.

Po to, by pocieszyć się, że to obopólna przykrość, że to wstręt zbiorowy, że w domach sąsiednich podobne zmagania się zaraz zaczną lub też już zaczęły. Ale nikomu innemu się nic nie przydarzyło; oczom obu rodzin dom dzielących ukazał się po ich wyjściu na ulicę cud.

Ulewa z piorunami rąbiącymi, niebo rozdrapującymi grzmociła tylko w ich dom, tylko nad ich domem aniołki złośliwie przewracały beczki, tylko nad t y m domem najstarszym w okolicy, przez dziadów pradziadów budowanym, dziedziczonym, woda wyzłośliwiała się tak wylewnie. Zrobili kilka kroków w stronę lumpenbloku (jak nazywał go stary K.) i przeszli przez ścianę deszczu, stanęli przemoczeni pod niebem suchym i przychylnym i patrząc to na swój dom, to na resztę świata, nie wierzyli, kręcili głowami, szarpali włosy. Siostra starego K. na kolana padła z karą boską na ustach i modlitwą pospiesznie szeptaną, jakby przeczuwająca, że to jeśli już nie ostateczny koniec końców świata, to przynajmniej jego zapowiedź, i modliła się, modliła, samo-tkliwie spowiadała, przyspieszając obroty, przewijając taśmę z grzechami, byle zdążyć przed pierwszym gromem. Brat starego K. przechodził wte i wewte, w deszcz i z deszczu, i przyglądał się dociekliwie, mamrocząc coś jak weteran hydrauliki, który nie może się nadziwić nieznanej awarii, jakby szukał miejsca, w którym puściła uszczelka. Stary K., wyniuchawszy, że sprawa się definitywnie wymknęła rozumowi doczesnemu, jął szukać korzyści.

– No, to jest pewnie koniec świata... Ale to by oznaczało... że skoro nad nami leje, to pod innymi domami się pali; że ognie piekielne po tę hołotę za chwilę sięgną, a nas polewa, żeby ugasić!

Matka zaś rozglądała się po cudzych oknach, w których wszędzie pełno gawiedzi obserwowało tę scenę: emerytki na specjalnie uparapeconych poduszkach, nieświezi młodziankowie oderwani od meczu, karmiące żony dołowych, a i sami dołowi w szelkach na gołych torsach, wszyscy ściśnięci, spoglądający w dół jak na arenę, jak na chrześcijan oczekujących śmierci, tyle że jeszcze nie ujawniono, co będzie zagryzało. Patrzyli z nieukrywaną satysfakcją, co jakiś czas pokazując palcem na ich niebo i na swoje niebo, ciskając niewyszukane szyderstwa:

– Pożyczyć wom paryzole?

Stary K., nie mogąc doczekać się ogni, zarządził:

– Wracać do domu, bo tu się zaraz zrobi gorąco, żebyśmy się nie poparzyli. Będziemy sobie z okien oglądać, jak się te debile smażą. Ten się śmieje, kto się śmieje ostatni, debilu ty jeden z drugim!

To ostatnie zdanie rzucił już całkiem odważnie w stronę balkonów, bo właśnie znikał w deszczu, a za nim brat jego wypatrujący, myślący, jak by tu przesunąć granicę ulewy, a za nim siostra na kolanach się posuwająca w ślad rozmyty za nimi, domodlająca jeszcze ostatnie trzydzieści lat dewocji, o litość błagająca.

I tylko matka wciąż po suchej stronie stała i patrzyła, jak znikają w deszczu i, nawołując, czekała, aż się pies znajdzie, bo poleciał za kijem w krzaki; a kiedy już nadbiegł, kiedy już wzięła go na ręce (bo nie był deszczolubny), kiedy już kroki pierwsze w stronę domu poczyniła, się nagle zatrzęsło.

Załomotało. Zapadło. W siebie się wessało. W ziemię wklęsło.

Dom na jej oczach złożył się w try miga w gruz, wpadł w dziurę podmytą, przegniłe funda- menty t e g o domu poddały się i całość nagle stała się rozsypką, w błocie, wodzie i gnoju zatopioną, z chluśnięciem wielokrotnie złożonym, matkę z nóg i psa z jej rąk zwalającym, ochla- pującym wszystkie domy okoliczne aż po dachy, wszystkich gapiów balkonowych obryzgującym, wszystkie ptaki oblepiającym mazią ohydną. Zagłada się dokonała okrutna, chmura się ober- wała do cna i dopuściła słońce do widoku klęski.

Matka, w oszołomieniu jeszcze wodę z uszu wylewając, nie bardzo sobie sprawę zdając, siedziała o żywopłot oparta.

– Boże, nowa wykładzina była, i tyle się tych okien namyłam... – i tu dopiero, przed ostatnią samogłoską, głos zawiesiła, bo doszło do niej, że już nie ma do kogo mówić, bo choć pies, otrzepując się co chwila, ruszył już swym jamniczym truchtem obwąchiwać ruinę, z tych kikutów domu wystających z wielkiego leja, do którego się zapadł, nie dobiegało żadne wołanie o pomoc, tylko cisza olbrzymiej śmierdzącej kałuży; cisza martwa, pogrzebowa, jedynie psie łapki klaskały w błocie, niepewnie, arytmicznie. Dopiero z balkonów zaczęły dobiegać jezusmarie i inne wyrazy empatii, i już zbiegali do niej, podnosili, ocierali, podtrzymywali, ale matka wyrwała się, żeby pójść sprawdzić, poszukać, wygrzebać coś z tej brei, licząc, że wśród kawałków gruzu znajdzie choć kawałek znajomego ciała, że może z kilku kawałków już się da złożyć, odtworzyć, skleić. Rozgrzebywała ziemię, kopała rękami, nawet kiedy przyjechały te wszystkie straże i pogotowia, kiedy jej proponowali łopatę, wolała rękami, zdzierając skórę z gołych dłoni, odkopywała kolejne połacie; pies wwąchiwał się w doły, czasem zaszczekał, ale raczej na inne psy przywiezione przez te wszystkie służby, i nagle wszyscy sąsiedzi z lumpenbloku i z okolicznych domów się zbiegli do kopania, nawet z odległych ulic, nawet z samej Cmentarnej, ostatecznie jako grabarze mieli swoje doświadczenie. Ale z każdą łzą bliżej było do wyroku, bo po pierwszym „Jest!" przez rękę dostano się do reszty Ilony, żony sąsiada z parteru, i po kierunku jej wzroku utrwalonego na wieki odszukano też zwłoki jej męża, półnagie, bo się przebrać w suche ubranie nie zdążył, a dalej kopiąc wśród strzępów sprzętów, wśród urywków nieodwołalnie zdekonstruowanej całości, odnajdywali kolejne ciała, ciotki na zawsze zatopionej (w modlitwie), wuja z dłonią zaciśniętą na śrubokręcie jak na ostatniej desce ratunku... a potem już odciągnęli matkę, mimo wyrywań się i histerii.

– Już dość, już wystarczy, nie trzeba patrzeć...

Bo znalazł się stary K., szczelnie otulony kołdrą z sufitu i podłogi, które w obliczu katastrofy nagle postanowiły się zbliżyć i choć miał pecha stanąć im na drodze, zdążył wystawić głowę przez okno (na chwilę przed tym, kiedy i ono pofolgowało formie), zapewne po to, by pooglądać, jak się „debile smażą"; toteż Bogiem a prawdą, sufitem a podłogą, ze starego K. pozostała tylko głowa, tylko wyraz twarzy, którym się żegnał ze światem. Wyraz zdumienia, że zbawienie tak boli; zapis tych ułamków sekund, w których pojął, że piekło to nie inni, że owszem: i sąd, i ostateczność tu i teraz – ale dla niego osobiście; ułamków sekund, w których przestał myśleć o kolejnych zniszczeniach, obliczać listę strat, w których pojął, że już niczego nie da się naprawić, że t o j u ż; w których zdążył się zawahać, czy aby na pewno Bóg istnieje, czy aby na pewno istnieje dla niego. Miał delikatnie zdumione rozwarte usta, teraz wypełnione gliną nie do wyplucia – – – – – – – – – – – – ....

Przez długi czas kładłem się spać wcześnie.

Siostra starego K. powtarzała zawsze, że tylko sen przed północą tak naprawdę regeneruje organizm, a matka przekonywała, że tylko to, co wyśnione przed północą, ma moc proroczą. Przez długi czas kładłem się spać wcześnie, bo potrzebowałem jakiejś wróżby, na której mógłbym się wesprzeć; przyszedł taki czas, kiedy tylko przykrywając głowę kołdrą i wyobrażając sobie, że nie żyję, czułem się bezpiecznie, tylko uspokajając się myślą, że już jestem martwy, zapadałem w sen. Ale przez sen też uciekałem. Uciekałem od t e g o domu.

Uciekałem z pięściami w kieszeni, uciekałem z obrączkami na palcach, uciekałem z dziećmi na rękach, uciekałem w butach ślubnych i w kaloszach, w śniegach i w kałużach, w łopianach i w potokach, z duszą na ramieniu, z sercem w gardle, z Bogiem w kanapkach, uciekałem z włosami postawionymi na wiatr, uciekałem się pod obronę wiatru, wystawiałem się do wiatru w ucieczkach, urzędach stanu cywilnego i na salach sądowych, na ziemi i pod ziemią, w hotelach i schroniskach, w łóżkach i na materacach, w akademikach i wielkopłytowcach, w przytułkach i w przytuleniach, w cudzych pięknach, w cudzych czułościach, w cudzych oswojeniach, uciekałem bezradnie, bezwiednie, beznadziejnie, uciekałem do duchów bezdomnych, do grzechów przygodnych, do dryfów swobodnych, uciekałem bez celów, bez biletów, bez praw, uciekałem we wszystkie strony jednocześnie.

I wszędzie tam, dokąd dotarłem, ciągnąłem za sobą cień t e g o domu, im dalej uciekłem, tym bardziej się naprężał, krępował mi ruchy, spowalniał kroki; w im bardziej świetliste miejsca trafiałem, tym bardziej mnie cień naznaczał; „nie zasłaniaj mi światła", słyszałem wszędzie, gdzie się kładłem cieniem, a przez długi czas się kładłem, przez długi czas się pokładałem, ratunku szukając w stadnych bezsennościach, a potem we śnie. I zmęczyłem się śmiertelnie w tym cieniu, w tym zimnie, a nim uległem ostatecznie, zdążyłem stracić mowę.

Teraz ziewam. Kiedy tylko otworzę usta, ziewam; ziewam w nocy, ziewam w dzień, ziewam

przez sen, w którym jestem krzyżem rozstajnym,
toczonym przez drewnojady.
    Byłem, już mnie nie ma.

Chorzów VII 2000 – XII 2002

Spis rzeczy